安宁暖煦

韩煦然 著

長江出版傳媒 | 长江文艺出版社

图书在版编目（CIP）数据

安宁暖煦 / 韩煦然著. -- 武汉 ：长江文艺出版社, 2015.3
ISBN 978-7-5354-7853-5

Ⅰ. ①安… Ⅱ. ①韩… Ⅲ. ①散文集－中国－当代 Ⅳ. ①I267

中国版本图书馆 CIP 数据核字(2015)第 007748 号

责任编辑：刘程程　　责任校对：陈　琪
封面设计：泓润书装　　责任印制：左　怡　邱　莉

出版：长江出版传媒　长江文艺出版社
地址：武汉市雄楚大街 268 号　　邮编：430070
发行：长江文艺出版社
电话：027—87679360
http://www.cjlap.com
印刷：湖北知音印务有限公司

开本：880 毫米×1230 毫米　1/32　　印张：11.5
版次：2015 年 3 月第 1 版　　2015 年 3 月第 1 次印刷
字数：246 千字

定价：36.80 元

我们的生命中并无那个自己日夜艳羡着的人，有的只是璀璨光辉的梦想，你一路追着跑，到最后竟是会感动地看到自己曾艳羡不已的，都已然成了如今你生命里再平凡不过的习惯。

目 次 Contents

VOL.1

告别是不能遗忘的风景

· 藏在学府里的城镇 / 002
Cambridge day 1
· 等一场雨的康桥 / 007
Cambridge day 2-3
· 未完的风景总会再相逢 / 012
Cambridge day4-5
· 你向西离去背日的方向 / 020
Cambridge day 6
· 从此故乡也漂泊 / 027
Cambridge day 7-8
· 成为简·奥斯汀 / 033
Cambridge day 9-10
· 亲爱的陌生人 / 039
Cambridge day 11
· 此花不售 / 045
Cambridge day 12-13
· 不许哭 / 050
The last days in Cambridge
· 远方的风比远方更远 / 061
· 普吉慢摇 / 073
· 放心,我们都将后会有期 / 097

VOL.2

岁月风华换故事一场

· 摇滚妹子都有柔软心 / 104
· 十个半小时的故事 / 110
· 夏日凉纪 / 114
· 冬日的烤红薯 / 119
· 小确幸 / 124
· 我终于到达但却更悲伤 / 129
· 安宁暖煦 / 134
· 他的单车 / 139
· 抹去所有记忆换一场你我重新相遇 / 144
· 孤独骑士 / 151
· 红豆 / 155
· You're not around and I 'm a complete disaster / 162
· 幸福慢递 / 167
· 风乍起 / 173

Contents　　目次

· 你不知道的事 / 181
· 没有什么比这更好了 / 188
· 没有什么会永垂不朽 / 194

VOL.3

在我们老去之前

· 我们终将老去，
但别抱憾而终 / 204
· 我不缺你这节课 / 215
· 所有的美好都是努力来的 / 222
· 一边行走，一边遇见 / 229
· 即使明天天寒地冻
路远马亡 / 238
· 来日方长 / 243
· 以梦为马 / 247
· 说来可笑，都来不及道别 / 250
· 重回初心 / 255
· 回首灯火阑珊处 / 262
· 秋天的反义词是春天 / 275
· 故乡赞 / 286
· 等一等，就不疼了 / 293
· 一首歌的时间 / 298

VOL.4

你的眼泪一抹无邪

· 2013 届老谭的班 / 302
· 忽梦少年事 / 311
· 这一年，我们不说那些年 / 322
· 心底总有禁播的音乐 / 331
· 青春不言爱 / 335
· 流水带走光阴的故事 / 340
· 背向烟火的方向 / 345
· 青春有张不老的脸 / 350
· 跋 / 357

其实，所有的告别都一样，无非是分岔的路口绝望而期盼的凝望，而所不同的只是，告别之后是否会再见。幸运的告别是别后重逢，大多数的告别却只是杳无音信。

①

告别是不能遗忘的风景

002

Cambridge day 1

藏在学府里的城镇

我们都是一个成年人，一个长大了的人。于是，我们就必须用一个成人的责任去尽一个孩子必须的义务。这就是为什么下了飞机都必须第一个给父母消息，这也是我为什么每天不管怎样都必须写出来一个memo。我一定安好，请你务必心安。

有时候一个人看到梦想在接近甚至触手可及的时候，便突然没了兴趣，仿佛那个魂牵梦绕的地方到不到也就算了。可是，当车子渐渐接近剑桥镇的时候，竟是紧张得心脏突突地猛跳起来，就像是要见到暗恋许久的人了一样，仿佛脸颊都绯红起来。路旁的标志牌偶尔冒出离Cambridge的距离时，心便是越来越乱，索性听歌都听不出来个节奏。就要到了啊，那种越临近就越想逃的心情仿佛是不敢面对最喜欢的人一样，连抬头看一眼都心慌。往往是这样，对你来讲意义越重大，爱得最深的东西，你才在它即将出现的时候萌生想逃的意识，就像怕自己的形象配不上这个崇高的事物一样。爱得有多深，就有多想逃。因为在最爱的东西面前，努力再完美，也只是怕卑微。

惴惴不安着，担心着，我就这样站在了这个城镇里。这个藏在学府里的城镇。

夕阳垂在小镇窗子的缝隙里，仿佛千年的时光都未曾变过。窄窄的路和青草柔波的剑河大概是和志摩先生目睹的相同。在这镇上的某一个拐角，某一个石块上，大概还存有志摩先生的体温吧。

我在落日将尽的路上迷失方向，越走越远，似乎走出镇去，却依然浑然不知。白发的野营老人指了我回来的路，我却不由得在想那句：向青草更青处漫溯。

房间里永远是熏黄的灯光，窗口对着熙熙攘攘的街道，而关了窗，却静如真空。墨水蓝泼洒出去渲染了透明的空气，我低头写未完的句子。

“你知道什么是想念么。就是在我最无助最想跟你讲话的时候摁通了电话，却意识到，时差的轴里，我是傍晚而你已夜沉入眠。”

初来乍到，果真吃不下，便讨来了水果吃了几口，如此而已。

輕輕的我走了
正如我輕輕的來
我揮一揮衣袖
不帶走一片雲彩
——徐志摩《再别康橋》詩句

等一场雨的康桥

Cambridge day 2-3

终于等来了到英国以后的第一场雨。都说雨雾中的英伦才有那种独特的美，就好像永远化不开的白色水彩，轻描淡写却浓墨重彩地落在了这风景上，亦真似幻。收拾完一天的材料之后，我正躺在面朝窗子的小床上，安静地写字。屋子安静得刚好，偶尔透露出楼下旅人赶路的匆匆声，但那声音也浅浅淡淡的刚刚好。

刚刚送走了几个来屋子拜访一起吃晚饭的同学，温热的气氛又静悄悄的只剩下我一个人。他们都说我的屋子暖，灯光也暖，连空气都是热的。这倒是我窗子向阳的原因罢了吧。我们在策划去伦敦自由行的线路，在看着密密麻麻的地铁线的时候，被折磨得不知东南西北，不免就想起你，那个我认为有你在我就不会走丢的人。是啊，有你在就好了。可是，我们总归是只能这样想想而已，每个人总不能都这样爱着依赖。

每天从剑桥镇干净的小石子路走过，穿过晶莹剔透、如翡翠一样光滑的草坪去上课，总会萌生半路翘课要跑去玩耍、徜徉的念头。这样的冲动就像每天醒来都能看到最爱的人的那种幸福和愉悦，你想永远拥有，与他永不分离，可理智却告诉你，前途漫漫，不能停下行走的脚步。这种被限制的爱却往往激发着无尽的情愫。

正午课间饭前的一个钟头还要迫不及待地跑去不同的角落，好好呼吸那每一个角落的来自这个城镇的空气。那种珍惜就是，爱着每一个和你能独处的时光。不忍晚起，要早起看日出；不敢早睡，怕错过最安静的剑桥。这种一整天都想好好看着这个城镇，守卫一样的心情，如果不是一个向往了这里整整十年的人，不会理解。

而我，到处行走，只是为了在我还能看到这个世界的时候，多看这世界一眼。

剑桥的雨啊，来的时候天还晴着，温温柔柔的，好像根本察觉不到它的存在。可，不足片刻，大雨就落下来，伴随着倾斜的风，雨被吹得凌乱地密密麻麻地织着。雨水焦急地敲在石头小路上，弹起水坑里的水滴，于是，水雾就从青色的地上升腾起来。于是，不一会儿，整个小镇就好像被谁涂上了一层天青色的水粉，轻轻一抹，便模糊了天空、草地和那些远近不一的建筑。

风刮在身上，是那种冷，但你却想再吹一次冷风的感觉。即使淋湿身子，却还不想归去。

TIMPSON
The Quality Service People Est 1903
Watch Repairs
PHONE REPAIRS

Cambridge day4-5 未完的风景总会再相逢

不知道有什么东西能让你看到就血脉贲张。而这种感觉于我，是当我每次踩在这小石子路的时候。

只愿这脚步再慢一点，心情再悠扬一些，让记忆在这个小镇里住下吧。

如果你曾不止一次地梦到过一个场景，那么，说不定就会在下一个或者下下一个路口遇见。就像你一直在等的，在期待的人终于会在某一个时光里出现。

昨晚乘晚班火车从伦敦回剑桥的时候，和同学在火车上闲谈。她说："哎呀，到过伦敦也算是了却了不少心愿，可发现原来也就这样。"事实也大概就是这样。有些我们梦了好久的东西，当终于得到的时候连自己都会惊讶自己内心竟是会这样平静。跟着人群走，就能从地铁站出来直接找到 Baker St.221B。全球的福粉都汇集在这个本是很平常的街道上，本该一片安静的小街道却因为一个伟大作者的文字而热烈，人声鼎沸到与整个环境格格不入。221B 号黑色厚制木门被不计其数的人拉开又关住，每个人都兴奋地冲着那个简单普通的黄铜金属门牌号拍照。我想，连上世纪的柯南道尔也不会想到，一个多世纪过去后的今天，这个他依据自己的生活经历编写出来的故事会成为一场影响了整个世界的风暴，更不会想到，这个他随手写下的门牌号会让贝克街从伦敦千百条普通街道里脱颖而出，成为整个世界妇孺皆知的名胜。这一切都发生于偶然，发生于随机，也大概正因为是这种不经意不刻意的自然，才能成就令人叹服的不平凡。我站在窄窄的街道上，看熙来攘往的游客，不免觉得孤独起来。我们都爱着我们眼中的世界，却因着不同的原因，我们也都恨过这世界，却都是因为这个世界曾 let you down。

旅行从来都是一个看缘分的事情，有造化换来一个志同道合的旅伴，便是一场巨大的善缘。而我们往往难求其缘，和着同行的路，跟那人同行，这大概算不上伴吧，姑且就称作同路。同路过那么多次，不过是在你拍照时有人帮你按下快门，在意见分歧时，说一句，“这样好了，分头行动吧”。我们始终结伴而行，却一直是一个人的独白。当你看到一幅画的时候，那惊叹你只能说给自己听，当你路过一处风景，那或美到流泪或凛冽到撕心裂肺的感觉，无处搁置，只能吞吞吐吐又咽给自己。我们肩并肩，却隔着千山万水，我们始终孤独。于是当你闯入无人之境，看到那不忍离去的风景，你会萌生那种宁愿花光所有运气也要遇见那个和你同一时间说出“原来如此之美”的人。你相信这会到来，却又不敢认真，怕是上帝留的一个缺憾。你一个人继续上路，踽踽独行的路上，不再留下任何声响。

每晚会听着楼下脚步声、汽车嘈杂声入睡的我，觉得这是一种安全。这些有生命喧嚣的时刻告诉我周围活着和我一样的人，我并非单独，这种慰藉，习惯了就是如此心安。突然想起很多天前看的一个故事，女人极其厌恶先生的呼噜声，以至于一生都在这种极其厌恶之中度过，但后来先生癌症手术后整日的昏迷，她却每天极力等待先生的呼噜声。因为只有听到了他的鼾声，才能安心地明白，这个相伴至深的人，还活着。我们曾最厌恶的，日后却成为了最不能缺少的。就像飞机机舱里永远的轰鸣，让人头疼，却是我们安全着的标志。我们终将习惯身边的各种各样难以习惯的东西，甚至日久天长以后，这些本令人发指的东西却可以成为我们不能失去的。

今早前往温莎的时候，冷冷的雨又是一阵又一阵接连不断地落，灰黑色的云在天空中跑来跑去，雨雾又开始笼罩整个城市。那种吹进领口会让人猛一哆嗦的清冷的风随即会变得温柔，让你在这种风里即使身着短裙，也不至于冷得面色青黑颤抖不已。英国的风干脆、清冷，像饮下一口薄荷清茶，那清凉入口即化，只剩唇齿之间的清新。不雨怎英伦？雨雾把灰褐色的城堡涂上了一层若隐若现的毛边，像是谁故意做旧的油画，天空与建筑的边缘开始渐进地融合，难以分清。天青色的阴雨把城堡前的草坪衬托得格外新亮，好像故意用颜料画出的绿色色块，突兀地卡在单调的画布上。红色衣服的卫兵整齐地行走在城堡的大门前，像盛开在油绿色草地上的玫瑰。整个世界都灰下来，只剩鲜红的制服和油绿的草坪，格外耀眼。

每个国家都有它最典型的色彩，就像每个人都有他最适合的服装。比如希腊穿着的是淡蓝和洁白色曳地长裙，法国穿着的是灰色风衣，而英国就是穿着鲜红色带金色纽扣的绒制制服。与卫兵合照，算是证明我也来过英伦。

算算到今天为止，在剑桥也算是住了近一周，可路过大多巷子和街道还是会迷惘，走起来还是会陌生。很多人问我："你都在干吗，这个小镇这么小，怎么能一周还走不完。"我想这不是走不完，而是，于我，这不只是一个小镇这么简单，而是一个还悬在我前路上闪着光的，梦里的地方。一个你永远都不舍得走完的地方，你愿意用每天只走一条巷子的频率，去花一辈子徜徉在这里。用每一个还能看见这世界的视觉细胞牢牢记住这里每一个角落，每一片落叶，每一块砖石的样子。记住，记好，记到再也不会忘记。那天走到康河边，看携着书走过去的同辈面色安谧地牵手向学院走去，阳光在他们背后洒了一地，树影斑驳如同散落的碎汞。只愿自己画得一手妙图，把所有未完的风景故事一笔一画地画出来。

有时候我在想，这种我舍不得走完的风景，是一场未完的风景，它等着在未来或者未来的未来，让我更圆满的回归，再度相逢。下一次一定与你携手走完。要相信那些你还留恋，你还意犹未尽的风景，都是一场未完的风景，在未来里存盘，待到未来到来之际，再次满格，幸福地读取。你要相信，你要释怀，你要等。

Buckingham Palace
SIGHT
ouses of Parliame
NG T
Kensington Palace
Big Ben

那日的天，雨了又晴。天空透明得似乎可以看见自己遥远的未来。我们伸手触摸，却只是扑风。

你向西离去背日的方向

Cambridge day 6

有一种孤独就是，在每一个想要滔滔不绝跟你讲我一天的经历的时候，你的世界正繁星满天，而你也正睡意酣然，我只能笑笑看看我这里才刚刚擦红的天空，假设你躺在我的心房听完我正给你讲的故事。也有一种幸福就是，我在睡前写出来的故事，你都能在清晨醒来看到，所以我总会在晚安的背后缀上早安。

晚饭后去教堂山看日落的时候，走丢了路，绕着曲折的石子小径跑了好几圈。傍晚的小镇，开始静谧下来，连白天里最热闹的集市都倏忽不见了过往的行人，街道边的小店都整整齐齐地把写着 closed 的小牌子贴在透明的玻璃窗上，好像是在向这一天安静地说晚安。

都说没有迷过路的旅途不是真的旅途。我一边跑，一边却不由自主地笑起来，清冷的风从袖口蹿进来，被体温温热以后，又淘气地从领口跑出去了。沿着河岸一路奔跑，身旁偶尔也有几个戴着耳机安静跑步的人，夕阳在云层里开始躲闪，四周的光开始暗淡，自己便着急起来。怕看不到那一闪而过的落日。

在第二个分岔口的时候，突然不知所措，三个方向的路，却不知道该向哪里转弯。正盯着绿了又红的路灯发呆，很巧的就遇见了正在巡逻的一行警察。他们听说我正着急去上山看日落，便带着我走了一段路，然后指出方向给我。看我走走停停还存疑惑，Police madam 便说，正好顺路，就带你去吧。自是感激涕零。

终于站在教堂山的山头，说是座山，其实不过只是一个小小的、长满了各种草本的土坡，不过由于剑桥镇的低洼地形，就算是站在这样的小坡上依旧能够俯瞰整个剑桥镇。那灰色嵌着金边的学院和附属礼堂，都如同儿时爱不释手的积木一样梦幻地展开在眼前。这座镇就是一个孩子纯净的梦，而我，已经是每天都会梦见这灰色镶着金边的建筑了。远远地眺望，最先渗入视野的就是国王学院的礼堂，桀骜不驯地引出周边所有的建筑。学院和镇民居所自然地拼接在一起，站在远处的你无论如何都分不清哪里该是学院的界线。这是个最没有围墙的大学，一个拥有整个城镇的大学，这里的风，树，民居，都沾着来自历史的书香，每一块青石板都存着历史的脚印，每一次钟声都来自遥远的历史。曾有人说，我与古人共赏一个月。而如今，我正与那些封存在时光里的学者共同聆听每一次的晨钟暮鼓。

天空渐渐黯淡下来，遥远的地平线被渐渐染红，最后红出一大片云来。定睛仔细看，可以看到，风正吹着东方的云渐渐遮住泛红的云霞。

就像是一场天空的赛跑，灰色的云追着天际还剩的那一丝亮光，最终安安静静地关上了世界的霞光。泛红的那条地平线，也渐渐变紫、变蓝，最终被抹成了一条黛色。

坐在山顶迟迟不想离去，风把头发吹乱，就突然想起和你一起吹大风的日子，我闹着要你拍照，你却嘲笑我都没发型还恬不知耻。那时候，我们趴在江边的栏杆上看对岸繁华的霓虹灯，你我都不说话，直到着了凉。不知是不是冷的缘故，竟拽着你的手哭起来。这个时候啊，你正睡得安稳，留我一个人在背日的方向，沉默地看一场祥和的落日，依旧是清冷的大风，依旧是这样的安静，只是，留了一个位子给你，待到未来，故地重游时，你为我填满。

想起来在送我离开的时候，你拥抱我的那句，你向西离去背日的方向。

时安。

CAMBRIDGE
UNIVERSITY PRESS
BOOKSHOP

027

从此故乡也漂泊

Cambridge day 7-8

剑桥的夜愈发地变得冷起来，白天的风也少了最初几天的温度。那天去买衣服的时候，售货员提及道："这是今年的秋款，不打折。"自己才算恍然，秋天好像就要这样到了。尽管每一个季节的变换分界不是那么明显，但每次告别一个季节，总归还是有些怅然，时间总是这样让人瞠目结舌。

爬上小镇的高地，在冰冷的清晨的风里等一场日出。像缓慢地从云层中倾倒而出的烫金水，渐渐地给小镇所有的建筑镀上金黄。风在高地上十分不均匀，无孔不入地吹进皮肤，拿着相机的手一直颤抖。当云层终于准时地从太阳表面挪开位置，阳光瞬间倾泻而出的时候，自己竟是不觉得诧异或是叹为观止。只是很平静地看着，心里说："哦，原来这就是日出的样子。"也许这就是小镇的风格，一切都安安静静，不喧嚣，不惊艳，连一场日出都来得恬淡，平凡。没有海上日出的轰轰烈烈，也没有山顶日出的傲慢冷艳,一切只是安静却到来,不紧不慢地开始自己的新的一天。

我对着日出的方向张望,最远处楼顶的烟囱开始散出袅袅的青烟,大概是早起的人家,已经开始准备早餐了。偶尔几声布谷鸟的声音,落在眼前茂茂密密的树林里。然后就是风,风吹过高地时候带起荒草的窸窣。盯着红日已经出神,眼睛被朝霞染得红红的好像哭过一场。瓦蓝色天空里躺着片羽状的云朵,一片连着一片,幻化成一大片被激荡起的海面上的浪花。

曾想过最好的事情是能在如此的小镇,和你有一隅之地,从此牵手赶早集,共坐一条毯子肩并肩看一场场日落和日出。时光在走,我们就这样一起肩并肩地老去。我们年轻时候受过的所有磨砺、所有悲痛和跌宕,不过只是为了老去之时,能轻松一点。我们从不会知道未来的样子,所以我们只能一边走一边祈祷,一边努力一边猜测,可是,不管怎样,就像日出每天都有,我们的生活也是每一天都可以重新开始。只要你勇敢。

我知道,有时候一封邮件就能让自己心如刀割。情绪失控往往是因为现实毁掉了人们最信以为真的东西,所以他们总哭得像个孩子。当一个你相信他都甚过相信自己的人突然说要你忘记他的存在,就像是孩子被夺去了最依赖的玩具,并永远都不会再有另一个的时候,他毫无办法只能哭泣。所以,哭泣是我们最坚硬的存在,更是我们走投无路时想到的第一个念头。

我总是觉得，无论漂泊多远，只要家在心中，我们走到哪里都能感觉到家的温馨。天涯漂泊都故乡。而当那个你日夜思念，在故乡中的人最终消失，那也就无所谓故乡和异乡，就算回家也是同样的漂泊。一切只因为，我们再没了最信任的人，那个最爱最重要的存在。

我多想现在坐上明早的早班飞机就回家见你，拥抱你，可是，我不能，就算想念如同脑海里的荆棘，困住所有心室，我也只是除了忍耐别无他法。我看着格兰彻斯特的下午茶，红棕色的液体在白色骨瓷杯子里旋转，竟是默默湿了眼眶。格兰切斯特周围是广阔的灌木丛林，剑河的源头从这些荒草和灌木里涓涓涌出，蜿蜒着向前伸进。偶尔水鸭和天鹅会结伴而过，在水面留下漂亮荡漾的波纹。树影叠在草丛里，荒草愈发变得深绿。遛狗的人来来往往，深一脚浅一脚地走在荒草丛里，磕磕绊绊地跟着狂奔的狗，还一边叫着狗的名字。灌木丛里总会有些不规则的高地，于是，牛便时常出入于此，饮水，食草，一切安静得只剩下画面，就好像是一台调了静音的电视。

我愿故乡有少年，让我漂泊也如家。

033

成为简·奥斯汀

Cambridge day 9-10

每当路过英国乡村的广袤无垠的荒原时，看那几英里才会立着的一棵棵树，孤独地遥遥相望，总会在脑海中映射出简·奥斯汀的书来，那个冒雨穿越荒原去找达西先生的伊丽莎白。渺小的身影穿梭在广阔的原野里，幻化成一个不起眼的点，万里无人，寂静成书。

每到这个时候，总会感觉人生难料，世事寂寞得可怕，就像我们永远生活在拥挤的人群里，却活得孤独如同孑然一身行走在无边的荒野。

一个在异乡的人最能体会孤独，也最容易被陌生人偶尔倾泻出的一点点一丝丝温柔感动不已。这是我们的弱点，也是我们的善良，就像有人曾经说过的那样，我的心曾被温柔，也曾被鄙视。

我不曾想到过，这个我朝思暮想的地方，竟是以这样的方式让我再也不会忘记的，也竟是用这种让我目瞪口呆的惊讶让我永远记住我在这里所经历的一切和永远不会淡忘的日子。那个时候，我正下课，走在穿越剑桥小镇中心集市的路上。竟是一时间不知道该怎么走，正付款的手，拿着卡都颤抖起来。售货的年轻女子轻轻地喊了我两次才让我缓过神来。从此，所有人似乎都与我无关，只是太遥远太遥远的陌生人。就像是被什么人开了一个如噩梦一样的玩笑。可惜，这个梦不会醒来。

从此，所有人似乎都于我无关，只是太遥远太遥远的陌生人。

端着盘子站在学院食堂里，餐厅服务生见我愣了半天没有夹一点食物，便主动递来一块烤羊肉，说："外面冷，多吃一点。"一边又夹起来一块放在我盘子里。我看着陌生人莫名奇妙的样子，竟不知所措地掉下眼泪。你总觉得这个世界很大，总觉得你会遇见更美的风景，于是你总拼命地向前走，可是，终有一天，你遇见一个你不想离开的风景，你褪下铠甲，像刺猬那样拔下了身上所有的刺，从此温柔相待。可是啊，现实其实是，当你开始变得毫无防备时，拿着一把你一直认为最不可能扎在自己身上的匕首，用最温柔最冰冷的方式直插在你的胸口。可就算是那样，你却依然认为这只是一个意外。于是，你还笑着，怀着希望，以为他还会帮你拔出这意外而来的匕首，为你治愈伤疤。

我们往往容易太相信一个陌生的人的恶意，却不相信一个自己那么那么信任的人背后的杀气。所以，在我们彻底了解一个人之前，你永远都不能说评价。

而如今，我想这是我在这里学到的最深刻最残忍最难忘的一课。尽管我再也不会在想到这里的时候顺带憧憬和你同在的场景。梦想是注定孤独的旅程，大概，这种注定让我丢掉你的意义是在说明我正在接近我的梦想。

今天花瓶里的白色康乃馨开得热烈，争先恐后地绽放花瓣。我清晨睁开眼睛，看它们的热烈，心头油然生出暖意。曾还在为回国之后没法再照料这些花而焦虑。有少年却说，喜欢就养，待到离开的时候再把它们移栽到山坡去，就永远地留下了。

我们曾为千万个借口和条件束缚，却不知道，我们只需要一口勇气而已。至于那结果，一切随缘。

我想起来在雨中奔跑的奥斯汀，想起来那个在憔悴之时坐在最落魄的桌前写书的奥斯汀。当上帝把美好的带走，留下凶神恶煞，那么就是在告诉你："去创作吧，用你的呕心沥血把你生命里的凶神恶煞变成后人生命中的春暖花开。"

我庆幸现在的自己还在异乡，在一个我梦里的地方，我不再着急回家，也不再期盼到炸毛，我只是终于可以享受我的慢英伦。既然生命不得不漂泊，那不如来场优雅的漫步，享受一个人的不同时光。我庆幸就算生命注定夺走一个人，还留下了很多人给我，留下一些足以让我就算飘零在外、也时刻温暖的人。留下那不会让我迷路的人。

当我后来站在牛津城的大街上时，看千年之前的黄黑色学院被侵蚀被破碎的厚重的墙体，终于心安理得。我想我爱的还是剑桥，一个世界上最纯净，最有书卷气的地方，一个比牛津轻盈，却学术厚重的地方。

最后。愿此生与梦同行，becoming Jane Austin。

亲爱的陌生人

Cambridge day 11

每个人都像是一个行星，其周围相关联围绕的卫星，是有限的，一个要闯入就会有一个退出，以保持数量的稳定。

不知道是谁在清早推送了一首酷玩的摇滚，打开音乐，整个屋子都荡漾起来，我起身拉开窗帘，街道两边的窗子都被阳光温驯地铺满，静静地流淌进我新鲜开放的花束里。于是我披上衣服，开始一天的生活。安静地清洗花枝的底部，精剪残叶，换瓶新水，最后再一枝枝地放好，归位到原来的位置。看着花瓣舒舒服服地躺在崭新的阳光里，整个人都是温暖的，好像这是我一天里，重复做的却是首要的正能量的事情。今早起来，又见花开，简直欣喜若狂。趁着音乐正好，用水壶煮一杯牛奶给自己，好好挑选一套属于自己今天的衣服，不紧不慢。每当这个时候，我总会想起我权每次总跟我一起大声放着摇滚，一起在盥洗室刷牙洗脸，还回想起在拉她陪我去看球赛的时候，她一个人一边洗澡一边让我把摇滚放到最大声。总会有一些出现在你生命中的，带着光芒和笑颜的人，让你每次想起来都不会有伤害，都是温柔的。

清早前往伦敦，早餐又是不得不在匆忙的路上解决。我站在熙来攘往的车站，端着温热的咖啡和牛角面包，跟着人群缓缓上了火车。我在一个空座上坐稳，把早餐放在小桌上。目光乜到身边的老先生正在看着一本厚厚的书。我诧异地打量了他些许，精练的纯白色络腮胡子像藤蔓一样几乎遮住了鼻子，高高的颧骨显得异常精神，一副细边金属框眼镜沉静地架在鼻梁上。目光温和又深邃地停留在微微泛黄的书页上，安静得像是来自另外一个时空的人。车厢里的人来来往往，却都与他无关。

本想掏出面包吃的我，竟是一时不知如何是好。只留一杯咖啡抱在手里，生怕一点点窸窣就会惊扰了他的世界。他周围像是有一股强大的磁场，吸引到属于他自己的空气，围绕成一个专属他的大气圈，他安静地活在自己的圈层里，而我们只能隔着层层的圈层，不敢喧哗地凝望这个活在自己世界的与众不同的人。我不敢在他身边听吵闹的摇滚，便索性关了音乐。尽管我们总觉得人与人隔得太远，但却不知道，在我们每个不经意的时候，我们的灵魂总会飘出来，相互拥抱，寻找那个与自己最相近的灵魂。我想，我的灵魂一定在一点点地接近他，隔着时空安详地对话。

我们都是庸人，在快节奏的生活里，再也无心阅读，更别谈思考。老人时而阅读，时而闭目思索着什么，我想他一定是爱着这本书。那清澈的瞳孔像是未惹尘埃的孩童。我想，一个人活着的最高荣耀就是，纵使历经沧桑,却依旧优雅澄澈。守住自己的信仰,而不是被一场场岁月的洪流洗刷到面目全非,最后成为一个黄着眼睛、眼窝深陷、皱纹刻进颧骨的落魄的旅人。我们虽历经沧桑,却不应被世界看穿。

好多次都想和他攀谈,问问他看的这本书我是否也有同样的感悟过。但每次看到他认真安静,紧闭着的嘴唇,都忍住了。我们的浮躁往往都在于把与人的交流当成幸逢知己的急功近利,却不知道,若逢知己,不打扰才是最好的相处,用那种最崇高的尊重,为他们守住在这个纷繁世界里的属于自己的一片宁静。我想,这世界的缘分总是事过其三的,一次遇见算是偶然,而缘分却是能重复遇见。那么,假若有缘,待到下次相遇,再笑着说 hello,也不迟,若是无缘,早说也徒劳。我静静地坐着,连呼吸都变得小心翼翼。

不免想起来冯骥才在游记里说:“我的旅途中只会带笔,本子和书,这样就好。”我开始后悔自己没有随手把笔塞进背包,以至于现在灵魂悬浮在寂寞的世界,着了凉。但愿此刻他的灵魂能听到我灵魂友好的呼唤,站到一起去。

在跟英国人生活了这么多天之后,我开始渐渐适应这种有条不紊的节奏。清早的大街上,你总能看到一边端着咖啡一边夹着书或报纸的人自顾自地向前走着,也总看到带着walkman安静跑步的人,超市刚上架一批新鲜的鲜花,等待装点每一个屋子。每个人都紧凑但安静地做着自己的事情。看似缓慢的动作,却优雅而高效。你从未见那红着眼睛,乱了头发在街道狂奔的人,因为这里没什么能让你丢了你的优雅。做事情,总能缓慢但到来。

想到初来乍到的自己,重复的迷路,弄坏插头,着急要迟到,整个人弄得乱糟糟。一个来过我屋子的少年说:“Hey,不能过得那么糙。笨笨的。”

老人安静地看书,我安静地坐着。看着他自己就一点点地平静下来,丢下这个社会给予我们的太多的浮躁,静静享受这个心无旁骛的感觉。我想这大概是这个陌生的路人给的我最好的惊喜。临下车,我站起来,忍了好久想攀谈的话,终于变成一句 wish you a good day sir.他笑笑,柔和的目光看着我,说, you too。

原来,不管是给陌生人的祝福还是被祝福都能带来一种特别的能量,真的让你在剩下的时间里过得清爽,像涤荡了心灵的浮尘一样。

感谢出现在生命里的每一个人,他们本可以只是擦肩而过,可当他们在人群中不仅只是擦肩而是目送的时候,就是生命里巨大的善缘和恩赐了。那就更不必说那些愿意拉起你的手走一段路的人了,该是上天多么无与伦比的馈赠。

也许他只是一个萍水相逢的人,一个在拥挤的世界里擦肩相遇的人。不过,就算这样,你还是要记住,他带你走出的每一次你的迷路,帮你种好的鲜花,和买好的晚餐,以及你最难熬的时光里,他慢下脚步的陪伴。甚至是最单纯最善良地包容你悲伤的巨大拥抱。

亲爱的陌生人,教会我们生活。

045

此花不售

Cambridge day 12-13

掐指一算，再过两三天，就要到了结业总结的繁忙时候，也就自然而然地到了告别的时候。有些情愫本就如同晨雾落下的花瓣，轻轻一磕就是一道刺眼的痕迹。这种模糊，早就分不清楚是回报，是强迫症，还是只是一种出于怜悯的善意，相比之下，理解为一种单纯的怜悯的善意却让人能够坦然接受。就像有人在看着我有洁癖似的把有一点点卷边的花瓣剪下来时候说的那样，有些东西你不能那么宠，宠多了就娇了。越娇越活不成，花都是这样被养死的，任其自生未尝不是一件坏事。

我想人也是这样，你过分关注，反倒两败俱伤，相看两都厌。

少年看着我把花分散放得到处都是，皱着眉头把新鲜买来的玫瑰和上次买的花塞进了他刚喝完的星巴克杯子里。并在拿着杯子出门灌水的时候闷头说了一句："你还是个女生么，把屋子整成这样。"我看着他刚拿走花的桌子，空空如也。原来尽管自己一直粗糙地侍弄着侥幸活下来的花，其实已经习惯了这东西盛开在桌子上的感觉，那种你在听音乐，发呆，甚至写文章冥思苦想的时候目光可以温柔搁浅的地方。就好像突然端走花瓶，目光再没了焦点一样。

我说："这屋子明明设计太不合理，太方正，太空了，要多几盆花才好。"少年却说："别弄了，这一把就够了，放窗台。心若满了，屋子就满了。"看着日暮下安静的混搭花束，心想，这是我至今见过的最好看的花，此花不售。

我又想起来在 convert garden 集市那天，整个环形的广场上全是卖花的小铺，店主坐在簇拥着鲜花的椅子里，眯着眼睛晒太阳，看一本杂志，淡蓝色的桌椅简单地摆在小铺旁边，铺满一层阳光和香气。

我沿着窄窄的巷子行走，周边的栅栏上爬满热闹的蔷薇，在叶与花的缝隙中，隐约见得小镇歌剧院宣传新作的海报，新作的名字大概是 Shakespares in love。果然是不喧哗的地方，连海报都可以如此安详地存在着。天空的湛蓝被古老的墙体间隙分割成细细的蓝色布条，一条条地镶嵌在城堡样式的屋顶上面，就好像倒置的景泰蓝杯底。在巷子口遇见独行的老人，背着硕大的似乎与体格不成比例的背包，眯着眼睛认真地看手里的地图，偶尔抬头向四周张望，好像是在寻找路标一样。我看着他认真又祥和的表情，就像是感受到一只温暖的手轻轻环绕住一颗悸动的心。我目送他的背影在巷子的末尾渐行渐远，直到缓慢地消失，像是目送一场难分难舍的离别。在心中默念 God bless him。

我坐在窗边码字，看着少年整好的花不言不语。这里好似一个我最熟悉的家，在劳累的奔波以后，在回家的路上路过超市，买完食物和日用品之后，在出门之前，带上一束花，如此满满当当地向自己小小的屋子走去。少年说他最爱看超市的货架满满当当，行走其间，似乎像是回家。于是，从此我带束花回去的时候他总会带满满的牛奶回去，然后在6点超市都准备关门的前一刻走出去，迎着遥远的余晖，安安静静地一并走回屋子。

其间总会时不时路过一个公园，遇见稀稀落落的路人或是携手散步的老人，草地上依然有贪玩的孩子们在扔飞碟，着急赶路的少年背着滑板骑着单车飞也似的从身边经过，那傍晚的风，凉凉爽爽地吹过，偶尔携来雨丝却也如恋人的眼泪般纯净温热。

我时常走走就忘了前行，停下来看着远方无尽的绿色出神，却也在骤然回神之后，发现其实少年也正凝望远方，和我一样忘了前行。

不许哭

The last days in Cambridge

就好像是刚刚让这里的生活变得得心应手，自己却又开始了不得不离开的旅程。

我一向是一个慢热的人，在遇见新的生活的时候总是喜欢先观望再开始试着融入。所以，在这短短的日子里，我用了太久的时光去观望，去理解，结果在我终于能好好地生活时，却被时间抓着草草地结束。结业 presentation 那天的前夜，我们小组都熬夜做着投资策划的 PPT。一群人端着电脑坐在屋子窗口前，脑子空空白白，楼下的熙来攘往的酒吧里传来诱惑热闹的喧嚣充满整个屋子，仿佛拉开窗户，就可以溅满一屋子的啤酒花一样诱人。我皱巴巴地磕着根本看不明白的商学论文，它们算着密密麻麻，不知如何是好的收益率，风险担保。偶尔有人长叹一声之后，就也至此沉静下来。

少年跪在地摊上绞尽脑汁的出谋划策，我坐在用抽屉改造的板凳上不知所云地翻译讲稿，时光好像在那一刻变得苛刻又紧凑，我们都忙碌不堪，都忘记了讲话。

如今我还记得，当我们把所有的工作完成，终于从板凳上站起来的时候，竟是那一种头重脚轻的眩晕感。窗外本来喧嚣的酒吧不知道什么时候也沉寂了，灯光也灭了，灰灰的只剩下老旧的砖墙的颜色，偶尔听见乌鸦拍翅飞起的声音，此外再无声音。我想，终于有一天我们也可以骄傲地说，自己是见过凌晨两点钟剑桥的人。

那疲惫的夜晚，居然自己也是终于失去了睡眠。

熬夜写过那么多文件的我，失眠写过太多文字的我，竟是这一次再也不能平复内心的波澜。躺在剑桥温润的夜的怀抱里，如同婴孩蜷缩于母体，本是陌生，却又那么熟悉安心。整整梦了十年的地方啊，这次我终于为你这么近距离地熬夜，为你辛劳，为你失眠。尽管，完成结业presentation的我意味着就要离开，但这种安详的夜，这种凝望着漆黑的窗外任睡意全无的心情一次就好，彻彻底底的一次就好。

我想，没有经历过的人根本无法想象那种自己呕心沥血完成工作最后历经种种挑剔之后被教授说出you worth it的欣喜若狂。教授笑着说你们做出了最详细最完整的投资策划。那种感觉就是自己熬过的夜，红过的眼睛，一切都值得了。所有的辛劳都会被偿还，你要忍，你要坚持，在最漆黑无边的夜里，你要相信，为自己撑起来的那个黎明一定是最光芒万丈的。我们都曾艰辛过，所以都值得被好好补偿。

我爱过这里，爱了整整十年，没想到，在这里还能得到它们的认可，我想这是我告别之前,最好的最动听的离别曲。

教授在给我的留言上 写着,Dear Kay ,you are full of energy.

看着剑桥天空的云渐渐淡去的光,我知道,这又是一天要消退的时候。为了庆祝结业测评的胜利结束,我们去吃了我在剑桥唯一的一次中国餐,火锅。依旧是晚上6点的街道,天还没有黑,人已经淡去,空空的巷子,商店自顾自地关了门,好像我们的脚步声都可以清晰地被自己听见。清冷的风袭来,竟是伤感的调,明天过后,我就要离开,就像是离开最爱的人一样。

路过镇中公园的时候,西方天空一片璀璨的金色,淋漓地泼洒在草地上,树梢上,头发上还有睫毛上,在瞳孔中映射出最难忘最决绝的美好。场景好似和最初的那天没两样,扔飞盘的孩子,匆忙经过的学生,安详牵手漫步的白发老者,其乐融融的一家人,大树下亲昵依偎而坐安静阅读的恋人,白鸽子在石板路上到处啄食,人走近了也不飞走,反倒还顽皮地在你脚上啄几下。

我想起海子说过的,那白鸽子,是屈原遗忘在沙滩上的白鞋子。

我想说些什么,可还是忍回去。沉默是离别的笙箫,轻轻的告别才能做到最合时宜。

我看着少年帮我把行李一一打包,装进我冰冷的金属行李箱,竟是不知所措的难过。我想说我不走了,这次说什么都不走了。可是你只是看着我说，别哭。装满了两个大箱子之后，我才恍然意识到，我在这里已经装载了这么多东西，可是，我还是希望我的行囊能再大一点，大到连同我在这里的所有的痕迹都带走。一直以来，都认为收拾行李是最不近人情的行为，毕竟行囊有限，记忆太多，你总要剥骨抽肉地舍弃掉一些相对不重要的记忆和痕迹，让它们寂寞地留下来，直到渐渐被忘去。

又是一夜难眠。醒来感觉屋子冰冷冷的，鼻子酸酸的，一下子就挤出了眼泪。窗外送牛奶的班车依旧准时停靠，挨户地送牛奶，我站在窗口，看送报的老人，臃肿着身子，把报纸塞进还安静着的门缝里。给花换水，这大概是最后一次我亲手给它换水了。然后故作无所谓地收拾好书包，去上最后一天的课。你总说我会皱着眉头，一脸严肃，你总用手把我眉心的褶皱起来的眉头揉散，然后重重地把我的嘴角向上拉。以前总是好讨厌你揉来揉去，可是，我想今天，我自己都在努力调整，调整到最好的表情。不知是谁说过，因为最爱，所以就算离别都要盛装出席。

今天的剑桥，依旧是湛蓝的天，没有一点伤感的颜色。老人携一本书依旧面容清淡地坐在三一学院门口的咖啡小铺安静地抿着咖啡，喧闹的游学团的孩子们正一脸新鲜地四处张望奔跑，一切角落都想看个究竟，街角的吉他手，正深情地弹唱着 Sting 的歌，浑厚而沧桑。我看着他认真而自我的唱着，端着咖啡竟忘记了挪动脚步。让我在这座神圣的小镇里听最后一首歌，和着对面教堂的钟声还有白鸽扑腾而飞的声音。这注定是我一个人的告别，就像很多人都说的那样，你的告别只与自己有关，你的情愫，眼泪，伤感，都只有自己才能看懂。尽管历尽千帆，时过境迁，你眼中的风景也只有自己看得懂。

晚宴的苏格兰舞会是告别的最高潮。我和朋友都盛装出席。朋友为她的哥特风纠结，担心不够合拍，我说，只要自己开心就好，这终究是我们自己的舞会。至今我都记得，那个舞会叫 Kay—lee.那个和我重名的舞会。圆形的屋子，木质的厚重地板，踏上去能发出好听的沉闷的木头声，四周是四个小脚的阳台，伸出窗外，正伸进茂密的灌木丛里去，一抬头就会撞上正开的热烈的粉红色蔷薇。绿色的藤蔓如同蕾丝一般，密密的缠绕着阳台的栏杆。阳台窄窄的，只容得下两个人并肩站着，舞跳累了，正好能探出身子吹吹剑桥特有的清冷的风，对着清朗的月，斟酌一杯红酒。舞池四周的椅子后面是碎花棉布的厚制窗帘，没有纱质的轻盈，却与厚木地板相得益彰。苏格兰提琴手还有风琴手，在前面悠扬地演奏着，音乐顺着阳台，渗透进幽深的灌木丛，又从花叶的缝隙中溜进剑桥安详的星夜中去了。

我们手牵手跳完一支又一支的舞蹈，直到汗水都顺着发丝留下来，却依旧舍不得停下来。苏格兰舞里充斥着太多的旋转，少年带着我一圈圈地旋转，像是我们要用旋转的离心力，脱离地球，从此飞奔太空，再不分离。欢快的跳步和击掌，这一晚，我们都醉在最喧闹的剑桥里。茶歇的时候，我站在阳台上，探着身子向外面张望，清冷的风钻进领口，湿润了的头发又被冷风风干，浑身冷飕飕。看着干净明亮的月亮，竟是出了神。少年不知何时走过来，并肩站着，端来一杯饮料。就这样沉默但热烈地站着，波澜的内心想要拥抱住这黑夜，不让明天的黎明带走这最后的团聚。

舞步越是轻快，心里却越是空凉。所以，当夜深，舞会也散场，你陪我走回去的时候，我们都安静得只剩下沉默。你说你心情糟糕就会大声唱歌，于是我也自顾自地唱着。我们终究在分岔的路口拥抱告别，就像蔡琴的那首歌，轻轻抽出紧握的手，渡口边找不到一枝相送的花。

我想这是我唯一一次哭着把行李整理好，堆在门口。其实，我是不大相信别后重逢的人，尽管我无尽地希望后会有期。我们的分别就像扬手丢出的沙子，尘埃终究落地生根，飘散天涯，从此再也不遇见。我们的人生就像是一场梦，有时候是美梦，有时候却是一场噩梦，只不过在美梦时，我们都不愿醒来，希望时间久一点再久一点，噩梦时却挣扎着苏醒。可惜，是梦就要醒来，不管你愿不愿意，而此时，是梦该醒的时候了。不可抗拒的。

回来之后，跟朋友在机场彻夜聊天，她说，是不是有些人从此就不会再见了。我说，不会。她又说，那就算是又见了，也大概是和当初不同了吧。良久，我无话可说。都说世界是一个圆，我们终究会回到最初的地方，可惜，我们之前相遇的那个点，在未来的所有相遇里，都再也找不见。我们都是旅人，都爱看新的风景，于是拼命行走，寻找新的风景，我们却不爱故地重游，这也就是为什么我们明明可以再相遇却从此再也不相见。我再美，于你也是旧风景。

我总会觉得每次离别的场面都太过潦草。几乎所有的离别都是。最初计划好要怎么怎么样去做的，到最后都羞于表达，或者种种原因草草收尾，只留下，“再见”两个字。其实啊，所有的告别都一样，无非是分岔路口绝望而期盼的凝望，而不同的只是，告别之后是否会再见。幸运的告别是别后重逢，可惜，大多数的告别都杳无音信。

What we invest
• A Comperhensive Commercial Skyscaper Structure
MacBook Air

THE
LITTLE
GIFT SHOP
ON THE
CORNER
WHISTLES

to the

Nessy

CEILIDH

(pronounced: "kay-lee")

aka "The Scottish Dancing Party"

21st August 2014

061

远方的风 比远方更远

一个人，在未选择之前，面前摆满各种各样的道路，纷繁缭乱。一旦做出选择，便就注定了这一路要遇见的风景。记得，走在你的路上时，别后悔，别哭，再枯燥的风景，那也是你自己的选择，况且，那些你未选择的路，你不知道是比这条更好还是更差。我们总是对未选择的事情，寄托满美好绚丽的想象和憧憬，却对当下的路不屑一顾。可悲的是，一个人恰恰只能活在自己不屑一顾的当下里，永远怀念着、意淫着那些未选择的未知。谁没有这种病呢。我也常想，如果我选择的是那一种，现在走着的会是怎样的景象。

到今天，距高考结束已经差不多有了三个月。曾经以为这会是这辈子最难忘的时光，也就这样无声无息地过去；曾经以为这会是让人疯狂的时光，也最终无疾而终；曾经以为这段时光会像所有青春小说里写的那样美好得不真实，也最终这样咸淡刚好地走过；曾经以为会轰轰烈烈的，到结束都是收尾得那样平淡无奇。三个月来，夜晚的梦里不止一次地梦见那个高考前为高考铆足了劲的自己，那段时光中机械行走的人们，也许，日子澄澈到一定地步也会让人难忘。其实，高考教给我们的真的不只是这扯淡的录取通知书和单调的分数，尽管高考前老师也这么说过，那时自己一点也不相信。它教给我们的是那种为了让自己成为更好的自己的激情。而我们正是应该带着这种激情，走上路，走去很远很远的地方，无论何时都不能忘记身上的这种激情。

我用半个月的时间挥霍，又用半个月的时间准备，然后背上行囊用半个月的时间来远行，最后的半个月用来整理这些心情。他说，我忙到把一个人忽略，忙到什么都不顾。那么，现在我终于闲下来，把所有的情愫从心中掏出来，搁浅到这。

十天前，我还在巴黎，在深夜的巴黎路口看闪烁的霓虹灯，等在埃菲尔铁塔公园看铁塔璀璨夺目的闪灯。人头攒动的广场上，所有人都在踮着脚仰望这座伟大的地标建筑。我转身去买一块华夫饼的空隙，人潮就传来激动的惊呼，忙转过头，看到这在暗夜里沉默不语的黑色铁塔，瞬间万灯齐闪，犹如瞬间镀上万吨黄金，在这黑色金丝绒的夜里，纯金的铁塔格外高贵，骄傲地昂着头颅，接受所有人仰望的敬慕。人群欢呼着，月夜下喷泉流动的声音，让这个整日不动声色、寂静安然的巴黎欢腾起来。海明威说这里是一场流动的盛宴，凡是有生之年能在巴黎住过，定会不枉此生。骤然想起，你早在初二的时候就说过，巴黎是一座让你魂牵梦绕的城市，你会来到这里，带着最爱最爱的心情。时隔五年，我比你更先来到这里，而我终于到达，是不是也算是了却了这段心事。法国的浪漫，在建筑物的表达里，在这里一草一木中。柔嫩的青草地，紧紧抱住铁塔，像爱人最温柔的臂膀，搂着最心爱的人。站到深夜，眼眶竟湿湿的，想起最初，我说你啊，矫情，一个爷们不喜欢撒哈拉的桀骜，喜欢巴黎这种呢哝的情愁。而现在，我终于知道，这是一种让人荡气回肠、一眼万年的轰轰烈烈。如若此生爱如深夜万灯齐闪，只为一人而绽放，一秒也足矣。多想故地重游，下次的巴黎闪灯，再也不错过，弧形喷泉旁有你和我仰望的身影。他们说，巴黎这座城市里，所有的建筑是在时光里等待的，你一百年前来这里，这个巷口有这家咖啡店，那么一百年后你重游，这家咖啡店还是在的，而且，甚至连里面的装潢都没有变过。这从历史时光里走出来的魅力巴黎，披着坚守的香气，带着等待的安详表情。真的浪漫，经得起时间的砥砺，守得住等待的寂寞，历经千年，这里浪漫还是原汁原味，一丝不差地保留着。那么，好吧，多少年之后，要我们一起来到这里，我还去旁边的甜点小店买一块华夫饼，而这次，我希望我回过头能看到璀璨的铁塔和你兴奋的眼神。

时间再向前一点，回到我在翡冷翠的时候。那日，是艳阳天，意大利的夏天是干热的，所以，翡冷翠这名字，不过是在心理上带来一点凉意罢了。穿街走巷，绕过一个个小小的圆形广场，挥手告别一群群扑腾而飞的鸽子，在圣母百花大教堂门前阶梯上闲坐，迎面对着的是教堂的天堂之门。金色的雕花大门，彩绘着圣经故事里的剧情，天使的形象栩栩如生，翩飞在大门的门楣上，仿佛下一秒就要打开大门，召唤忠贞的信徒从此走进天堂。也许，这世界，从人间到天堂仅仅就是需要一扇门，这扇门可能是无形的，就放在每个人的心里。心若天堂，身处繁杂亦是天堂。这无非是与中国修禅的道理相通了，心境，心净，心静即是禅道也。双手合十，在天堂之门前，祈祷，忘却私心，让灵魂倾听上帝的召唤。

翡冷翠的巷子很多，巷口也多有街头艺人自由的表演。在但丁居室门口，遇见一位自由吉他手，他抱着一把松木色古典吉他，忘我地弹着一曲 right here waiting for me。音乐声在巷子里流转飞旋，如泉水一般涓涓流向远方。假若你在远方也听到这天籁，记得，这是远在远方的声音，而我，正站在这乐音的面前。曾经有过一段时间，我梦想能背起行囊，带着吉他，做一个流浪的音乐人，在旅途中边走边唱。现在，看着他的自由与旅人的孤独气质，仿佛看到那个梦想中的我。他的演奏极好，让我几次都忍住了走上去和他攀谈的冲动，我不忍打扰他在音乐里徜徉的灵魂，又怕他不识英语，只是微笑对我。我记得，有个人说过，一个人往往能在旅途中遇见一个自己最想成为的人。那么，这个抱着吉他的金色鬈发少年，遇见你真好。

意大利的游客很多，随处可以听到各个旅行团导游讲解意大利历史的声音。绕过翡冷翠，就到了罗马。踏进罗马的瞬间让人感到彻彻底底的不真实，这里的一切，简直是历史剧场景才有的，依然是石板道路，没有柏油路，依然是煤油气灯的装置，依旧是窄窄的街道，风尘掩盖的古罗马建筑，百年的地中海松屹立在旧日的位置。这一切，我以为只有在历史剧和历史课本里才能看到，可眼前的场景，让我明白，整个罗马是真实的，是现代时期的罗马，只是，历史的烟云过去那么久以后，它还完好地保存着原来的面貌。走过小街道，黑色的石板小路，看马车一个个过去，阳光透过地中海松的枝叶投射下来，那么不真实，这一刻宛如穿越进恺撒时代，我着一身洁白的曳地长裙，匆忙地穿街走巷。昨日，罗马战场林立，沙场风云变幻，今日，安静地看人来人往。罗马是一位老人，历经岁月的风霜，在晚年独自坐在火炉边，眯着眼睛回忆当年的意气风发。

触摸着古罗马斗兽场的墙砖，踩着历经千年的石块，与历史对话。我听到旁边的旅人，小声地问着导游古罗马的故事。古罗马有什么故事呢。思绪瞬间回到那无数个黑暗无边的夜晚和固执地认为永远也熬不过的刺眼光芒笼罩里的午后。我们一起站在走廊的窗台上，背着理科班不知所云的政治历史地理，你们背着文科班难以理解的化学生物。偶尔一个跑神，目光便延伸得好远好远，悄悄地把那些默默关注的人们收入眼底。有时候，假装很认真地背着历史年表，眼角的余光却准确无误地乜到你的任何一个小动作。那样的日子，过了一天又一天，以至于每晚入睡的时候，我都不用想就知道第二天会有的情形。那种复制粘贴式的生活里，现在想来，自己都会笑出来，真的单纯又幼稚。可是，还剩下什么呢。如果没有那些日子，我想我不会现在触碰着古老罗马的建筑想起东罗马、西罗马那段让人热血沸腾的历史，我也不会想起这地中海地区夏季的炎热干燥气候，不会想起亚平宁半岛的形状，不会知道为什么这里的水果那么好吃，更不会在法国协和广场想起拿破仑的辉煌，不会明白凡尔赛宫中镜宫对于中国的意义，当然也不会在走过佛罗伦萨的时候想起文艺复兴里杰出的文学、艺术三杰们。如果没有那些日子，我的旅程会寂寞而空白。现在，看到这些，就像旧友重逢。嘿，亲爱的建筑们，那些日子里，我不止一遍不厌其烦地翻阅你们的照片，如今面面相觑，可是有些熟悉？

我想，这会是那些没命背书的日子里真正意义。至少能让你在未来行走的风景里不感到寂寞，让你或多或少地懂得瞳孔里映射着的每一幅风景背后的故事，让自己成为一个通情达理的人。所有学习的努力都会是有用的，这一点毋庸置疑。

离开意大利，去了尼斯的蔚蓝海岸。那是只有两种色调的天堂。白色的屋棚顶，蔚蓝的天空和海洋相吻。沿着这条海岸公路，可以走很远很远，不出法国的话，便一直可以走到戛纳。走久了，便是觉得衣襟上也染成了蔚蓝色，甚至瞳孔也变得清澈起来。走到戛纳，夜宿下来，那晚的梦，浸泡在蔚蓝的气泡中。这种徜徉，宁静又空灵，我看着走过去的人们，或是牵手的老人，或是推着婴儿车的一家人，或是慢跑的年轻人。时间仿佛在这里找到了栖息地，不愿离开，缓慢下来。仰面看夕阳染红天际，蔚蓝色印上紫色，站着站着就是很久很久，连疲倦的脚都流连这宛如上帝眼泪一样澄澈的地方。

时间再反转回来吧，回到最开始的时候。有些事不去做，就真的永远都不会再做了。所以，每次有冲动的时候，都要去做，把想象里的事情变成现实里可以目睹的事情。我说，暑假一定会完成的小说，这么一搁就真的遥遥无期了，那些那时候激情澎湃的故事，现在心里再也没有了印记，那些想好的剧情和故事，也就此停搁，没有了下一节。我想，我是个不太容易后悔的人，但有一个最喜欢到处乱跑、喜欢旅行的人，不知不觉地飞出了我的生命，从此没有了音信，让我偶尔想起旅行或者背包出发时都很想念。也曾后悔很多次不是巧合的擦肩而过和交谈之后，自己根本没有抬头看一眼。有时候，自己认为错过之后还有下次的自信,往往会被向反方向发展的现实击落成失望。我记得我说,高考的时候,文综地理解答题里考到哪个地方,暑假我就去哪儿旅行。你说,你要是地理考满分,机票我全包。结果是,地理解答题很变态地考到非洲的维多利亚湖,我的地理也从未满分。不过,我想,近几年,如果有可能,我会去肯尼亚吧,去那个壮美的神秘大地留下我渺小的脚印。

海子说,那远方的风比远方更远,我的琴声呜咽,泪水全无。

我们往往只看到从远方来到的人,却不知道,这个人为了从远方走到你面前,历经了多少千山万水,这些的意义远远大于他到达你面前的意义。远方有多远,就是你要多珍惜。

如穿越进恺撒时代，我着一身洁白的曳地长裙，匆忙地穿街走巷。

普吉慢摇

简单地把几件衣服塞进背包，然后，换上SIM卡，踢上一双帆布鞋，就离开了。没有告诉谁，也没有说些什么，一直很安静、沉默。我看着背包上皱着眉头的布丁，笑着捏捏他胖胖的爪子，然后说：“布丁，我们出发吧。”

我鼓足勇气，登上大巴。也许，这里，用“鼓足勇气”这个词，很突兀，可是，的确是我的感受，我必须首先抵达一个我痛苦的城市，抵达一个冷漠地关上了城门的城市。车子飞速向北驶去。然后自己蓦然想到，曾经看过的一本日本推理小说《火车》开篇的第一句话：“火车，承载着罪恶，驶向地狱的冒烟的列车。”这车，的确有点像火车。想到这里，冷不丁，打了个大大的喷嚏，惊到了旁边的人，他抬头看了我一眼，我低下头去擦鼻涕。

漠然地走在这城市的街道，拉着小小的行李包，桀骜地看擦肩而过的行人。那时,我的表情一定很可怕。我决定不再出去走走了,纵使飞机是下午的。于是,便乘车直接去了机场。塞上耳机,有时候不是为了听音乐,只是为了逃避一种喧嚣。

空旷的机场,候机厅里偌大的落地窗透过片片的阳光,落在地上,又被一排排的座位分切成小块小块。像极了伦敦街头下午茶骨瓷小碟里的薄片奶酪。安静地握着登机牌坐在登机口边的座位上,看了一下表,还早。自己直直地坐在椅子上,像极了一尊雕塑,冷冷地望着跑道上滑行起飞的飞机发呆。身旁的人渐渐多起来。然后,一个男生在对面的座位上坐下来,轻声地讲着电话,他一边微笑着听着,然后不停地说"放心,放心,一切安好"。自己别过脸去。

站在登机的舷梯上,后面有一个声音问我,嘿,这个东西是熊么?我看了她一眼,说,他是布丁。

坐下来,扣好安全带,打开遮阳板,便盯着窗子外渐渐沉沦的夕阳,出了神。

飞机开始滑行的时候,我打下两个字,发出去,便关上了手机。

飞机加速,起飞的刹那,耳机里 JJ 的《不流泪的机场》正唱到高潮。声嘶力竭的一句:爱是三万里程的孤单。

突然空荡荡的。然后是一阵欣慰。俯视脚下这渺小的城市,我不觉幸灾乐祸起来。

JJ的歌不知道重复了多久，我眯着眼，睡了过去，醒来的时候，广播里正在播报上海的天气，我揉揉惺忪的眼睛，知道即将落地。耳朵开始一阵阵地疼痛起来，听到的声音也开始越来越渺远，似乎，刹那有种耳膜破裂掉的感觉。

飞机终于落地，缓慢地减速滑行在跑道上，两翼上的红灯闪烁，天空黑暗。

在浦东并不停留多久，只是做一个转机罢了，换乘21点的国际航班。所以，来不及好好观赏浦东夜晚的风姿。沿着米白色硅胶地板向行李处走去，在一大堆行李中，拎出我的小包，上面贴满了托运的标签。然后哗哗啦啦地拉着它去办理转机登机牌。

浦东机场安谧得让人不小心会睡着，柔和的白炽灯光浅浅地洒在地面上，四周似乎只有透明玻璃，没有笨重的墙壁，所以，停机坪上的飞机看得很清楚。一轮金黄的圆月，也那么清晰地映照在米白色的地板上。澄澈美好得让人不忍心再走过去，只好伫立端详这美好。

我趴在落地窗边的栏杆上，踮脚向上张望，举目苍茫，可还是很用力地向上看。那种向上的张力，似乎，在耗尽自己心底所有的坚韧。终于，蹲下来，抱着自己的臂膀，不合时宜地难过起来。可这机场的温暖，像是一个怀抱，容不得别离的泪水。所以，沉默是今夜安静的浦东机场。

走下飞机的时候，我把手表摘下来。调慢一个小时。毕竟普吉是热带的岛，我穿着厚厚的袄，像是裹在被子里的冰激凌，站在一群穿短袖的出入境工作人员面前，显得很搞笑。

我翻着护照上自己的照片，一脸惨白没有血色。队伍一点点向前，打着呵欠的人一个个地办理转接，然后离开。

轮到我的时候，入境官员从厚厚的玻璃窗口处，瞅了我一眼，又低下头，继续写了些东西，然后说："Miss,your passport and ticket, please."我把护照和机票塞给他，然后又东张西望的向四周瞅来瞅去，像一个对世界充满好奇的新生儿。几分钟之后，他把东西还给我，我道声 thank you。然后转身出了机场。

机场外人群熙熙攘攘，纵使是凌晨 1 点也喧嚣得很。空气闷热得让人在瞬间汗流浃背，更何况我这裹了一个厚重的鸭绒袄。那些本地人看我裹得如此严实，都诧异地看着我，似乎，我像是从北极来的。环顾四周。陌生的文字让人有种新鲜感，而这新鲜感的背后也有一种茫然无措的感觉，就好比，一个文盲站在林立的书架旁的那种惶然不安的感觉。

"**สวัสดี**" 阿些这样向我打招呼，我却全然不懂是什么意思。后来，他说。**สวัสดี**，就是泰语的"你好，早上好，晚上好"的总称。

"那么，**สวัสดี** to you。"我这个句式大杂糅的话，我和阿些都笑了。

坐上泰国的大巴，发现，司机的座位原来在右边，上车从相反的左边上。与中国截然相反，这便也是让我上车时碰了壁。阿些说。泰国人生活节奏总很慢，所以，办什么事，都是คุณจะเวลา。คุณจะเวลา，就是中文的“慢慢来”。

我朝窗外看去，街道旁的小房子，安静地睡在深夜里，四顾没有高楼，沿街的都是一些低矮的小别墅，门前有草坪，窗台上摆放着茂如瀑布的不知名的小花，异常美丽。

沿街看到好几处小台子，上面供奉着神龛，里面有一尊四面神神像。阿些说，泰国人十分崇尚佛教，便是每家都会有腾出房间来供奉神像，街道自然不会例外。

神像不远处，都会看到一张用金色相框裱好的大照片，阿些说，这是泰国国王的照片，除了神，泰国人民十分敬爱他们的国王。王室，也被他们看成是神。

我的意识开始渐渐模糊，看着窗外闪过去的一座座小屋，终于闭上眼睛。

阿些叫醒大家，说旅馆到了。我走下车，看到，一座皇家花园一样的建筑，屹立在面前，熏黄的灯光，平添了一份情趣。

旅馆与国内的风格完全不同，这里的房间，全是一座座的小别墅连接着，每一个房间都对应着一个小院子，四周种满热带植物，窗扉湮没在耀眼的绿色树叶里。不过，自己实在是太累了，便没顾得仔细欣赏，打开门，就倒在床上，呼呼睡过去。

（住所，大门口）

凌晨3点的时候昏昏睡过去的，清早还是起得很早，生物钟异常精准，7:30准时跳起来。睁开眼睛，被一阵温暖的气息清醒，环顾四周，窗户掩映着肆意流淌的绿色。大大的玻璃门边偶尔飞来几只飞鸟，摇曳着，像是一幅安详的剪影。我跳下床去，光脚踩在干净的地砖上，拉开玻璃门，风暖暖地吹来，空气里注满了南亚特有的鸡蛋花的香气和湿热季风的味道，拂在脸上，柔软湿热，有种莫大的安慰感。精致的晾台上，放着一张小桌和两把纯白的椅子，很小资，很甜。坐下来，向四周眺望，眸子里是一片片不同的绿色系，或深或浅，没有别的色素去隔断这绵延流畅的绿。好像刹那，心就柔软起来，所有的焦灼，所有的急躁都被淹没，取而代之的是内心的寂寥，平静。很安详，很安详。

拖着纯白色的棉布吊带裙，光着脚丫在屋子里旋转，把拖鞋甩得好远，似乎有点任性的样子。随手把伸入窗子的一枝鸡蛋花折下，轻轻地捻着，嗅一嗅，沁人心脾的甜美。时间是不急，像我这种过惯了兵荒马乱、士兵突击样生活的人，在这慢节奏的生活里，完全放松，松散得好像感觉自己年轻很多。嘿嘿，的确，这里的时间比北京时间慢一个小时，以至于我总感觉时间很晚了，看一看表，时间还很早。把音乐放到最大音量，循环播放，莫文蔚的《盛夏的果实》。嗯，没错，第三次月考前爱上的一首歌，很慵懒，却很有韵律。

无数次看表，这个习惯，没有改掉，以至于，曾有人说我神经质，然后，我都找借口，我说，侦探都这样，嘿嘿。我拉开实木的小柜子，看到一台纯白色的冰箱，很精致。上面贴着一个粉色的 tip，写道：open it, leisure your time,很可爱的样子，然后又感觉很体贴，就胡乱感动了一小阵。我拉开冰箱，两瓶玻璃装的液体。我拿出来一瓶，上面写着，

DRINKING WATER.冰凉凉的，真体贴。关掉冰箱门的时候，碰到了一个东西，我低头看，是一个透明的玻璃杯。真体贴。

一杯杯地喝水，这里的时间似乎真的很慢。我光着脚在屋子里晃悠了第6圈的时候，决定去吃早餐。于是，从不打一处的缝里找到被我甩得分居的拖鞋，然后颠颠颠地跑了出去。阳光真的很通彻，明媚而且干净。我边走边停下来随手拈几朵花，编成花戒，然后套到手指上，看了又看又觉得很傻，便就丢掉了。路过了一个澄澈的游泳池，碧蓝的水面上，零星的漂浮着几朵乳白色花芯淡黄的鸡蛋花，悠然地随着游泳者荡起的波纹一圈圈地旋转，荡漾。阳光洒下来，像一层金色的纱轻轻覆盖这一切。

我走走停停，像个对这世界充满好奇的婴孩，东张西望。偶尔碰到几个本地人，他们开始用蹩脚的中文说“你好”，但我停下来，冲他们明媚的微笑，说“**สวัสดี**”。他们听了，眼睛亮亮的，淳朴地笑着。然后他们走过去，我的心暖暖的。其实，真的很容易就幸福，也真的很容易就满足就开心，只是，原来自己一直都忽略。

早餐依然是慢节奏，烤面包机，慢悠悠地吱吱扭扭，我倒了一杯红茶，然后在一个靠近树的地方坐下来。面包不久就烤好，金黄黄的，很诱人，其实我很犹豫，是涂抹上 perfect butter 还是普吉特色的 orange jam。最后还是，一咬牙，心想，明天，再涂 perfect butter。纠结了一阵子，还是开始大口地咬吐司片。(嘿嘿，其实真的好吃啊。以后再去 PHUKET，咱就一定要吃橘子果酱。很像果冻，很鲜，但不是很甜。)我一点点地喝着红茶，背景音乐不知什么时候，悄悄换成了斯汀的 fields of gold，一首

属于夏季的金灿灿的爱情故事。Sting 懒懒的嗓音,浅唱着这属于田园的简单爱。记得小学五年级第一次听这首歌的时候,莫名其妙地哭了,不晓得为什么。现在,坐在一个举目都是黑黑皮肤的异地人中,听一首自己很久没有听过的歌,心里的那种激动和温馨,就好像身边突然有了你熟悉的人紧紧地握着你的手一样。

I never made promises lightly,and there have been some that i have broken,but i swear in the days still left.We will walk in fields of gold.

斯汀。斯汀。

我用餐巾纸擦了嘴巴，然后站起身来，一位服务员赶忙来收拾餐桌,我看着他微微佝偻的背,小声地说,thank you. 然后把骨瓷杯子和餐碟、叉子和刀,轻轻地放在他的小篮子里。他看看我,很感激地笑了。很明媚。像通透的阳光。

后来,阿些来叫大家起航,开始一天的行程。上车前,看了看依旧灰暗的手机屏幕,微微地落寞。

坐在靠窗的位子,安静地看普吉街道的生活情境。自己别样喜欢简单的生活,那般的朴实,自然。没有剧本亦或是电影的轰轰烈烈与跌宕起伏,一切静得出奇,一切自然到让人感动。车上的冷气开得很足,所以,我轻轻地在窗子上哈气,再用手指轻轻地画着。车行越来越远,离开了市区,盘上公路,下面是一片碧蓝的海。我极力张望,像一只被关在笼子里的小兽,那么向往外面的世界。齐秦的歌,外面的世界。我想着，很想笑。

到了中午的时候，自己听音乐的耳朵很麻。然后很渴，但不想喝水，只想吃菠萝。很甜很甜的菠萝。（嗯嗯，那里的菠萝真的很甜，不过，不是很大，和西双版纳的菠萝差不多，不过就是很甜，触到舌尖丝丝滑滑的，微微带有一点点的酸。）

意识渐渐模糊。我想我要睡了。摇摇晃晃，耳机里嗡嗡的响着KISS GOODBYE，王力宏的。

睁开眼的时候，阳光很刺眼，看一下表，11:32，晕晕乎乎地走下车。茫然地看身边的人笑靥如花，向前走。我跟着他们，徐徐前行。

乘坐快艇的确是一件很令人感觉不错的事情。嘈杂的发动机声音和刺鼻的柴油气味，闭上眼感觉这里好像不是在快艇上，而是在一个硝烟弥漫的战场上，带着腥咸味道的海风徐徐刮来，很有一种血雨腥风的感觉。油然而生的一种决然和桀骜。

我张望小艇的撑船人，他黝黑健壮。撑着长长的螺旋桨，娴熟地扣动发动机，然后起身，将螺旋桨伸到水里，瞬间，溅起白花花的水花。打在我脸上，很凉。他朝我憨憨地笑，洁白的牙齿闪烁在攀牙湾热烈的阳光下。我朝他灿烂地笑。他挥挥手，起航。

快艇驶过的地方，风流动起来，吹得小艇上的旗帜猎猎作响。偶尔一个转弯，小艇一个斜歪，便惊起一船人的惊呼。我暗暗想，这个船夫，

一定是个孩子气的人。我转过头看他，见他，悠然地站在船尾，宛如一尊铜铸的雕塑，黝黑的皮肤，在烈日下发亮。他也许意识到我在看他，便招招手，我同样朝他招招手。

很快，快艇穿过一片又一片的红树林，风像刀子一样的割在脸上，有点疼。我眯了眯眼。看清远处的山，桀骜得像与世隔绝的雄鹰。这样的攀牙湾，这般凛冽的景，也只有007会在这里取景拍摄。詹姆斯·邦德，我亲爱的007，我所穿过的这片红树林，你，有没有留下足迹？

风的嘈杂夹杂着螺旋桨搅动的声音，乱作一团，彼此都大声地讲话，却都听不见彼此在说什么。所以，我破开嗓子，呼喊："James！ James Bond！"我想这山会听到的，会熟悉这如同当年007的呼唤。

偶尔，小艇与另一只小艇交错，所有人都会大声地呼喊，与那一只小艇上的人们打招呼。迎面驶来了一船欧洲人，金色的头发，被风胡乱地吹着，我们，都有人都挥着手臂，大声地打招呼，他们也大声地喊：你好，你好！然后两只小艇上的人都笑了，那笑声荡漾在山峦之间，回荡在茂密的红树林里。

不久，小艇渐渐停了下来，随着水波飘飘荡荡，渐渐靠岸，这就到了割喉岛。爬出小艇，船夫一个娴熟的转弯，便相反驶去了，只留下长长的一道白色的水花，泡沫翻滚，渐渐扩散开来。

我站在建在水湾中央的木站台上，看阳光洒在水面上粼粼的波纹，然后蒸发出一片咸咸的味道。身边穿梭过许多陌生的脸庞，夹杂着陌生的语言和笑声，我转过身，看到船夫们黝黑的脸庞，露出洁白的牙齿，纯朴的笑着。这种笑，我想，也是一种地域性的，只有这么干净的地方可以孕育出这样单纯的笑容。

环顾四周，木质的长椅，摆放得整整齐齐，不同肤色的人们坐在那里，静静地聆听风歌唱的声音。“给你。”蹩脚的中文从我身后飘过来，我转过身，见一个扎着麻花辫，棕色皮肤的少女端着一大杯可乐递给我，她的脸上，是同样纯真的笑容，弯弯的眉毛，让人有种似曾相识的感觉。我接过可乐，刚要说些什么，她便欢笑着，转身离开了。

我想，我是幸福的。还有哪件事比在异国仍能被体贴更幸福？有那么一刹那，我感觉，自己并没有远走他乡，我只是，在参加一次挚友们的聚会而已。

去割喉岛，要穿过一个窄窄的山洞，山洞极低小，刚朵拉都不能载着我们过去（我不知道在泰国，这种月牙形的小船叫作什么，很像威尼斯的刚朵拉，那么，我便唤作它刚朵拉好了）。要想过去，也便是换坐香蕉船才行。香蕉船比刚朵拉小很多，是橡胶制成的气垫船，一次只能承载船夫和两个人。

香蕉船划到这站台的时候，我真是吃了一惊，比我想象中的都要狭窄，我生怕倾斜歪了，来个全部落水。我踟蹰了半晌，黝黑的船夫，看着我，笑笑，用蹩脚的中文对我说道：“小姑娘，慢慢来，来，拉着我的手。”我听他那蹩脚的饱含泰语风格的中文，笑了出来，他像是意识到了一样，挠挠头发，咧开嘴笑起来。上了船，他又用蹩脚的中文，告诉我，要戴上帽子，太晒，要不就晒成他那黑黝黝的皮肤了。他指了指自己健壮的胳臂，笑着对我说。我笑着说，我忘记戴着帽子来了。他便笑了。

坐在软软的气垫船上，看周围穿梭过去的一样的气垫船，船夫从我们身边划过去的时候，总挥手向我们问好，我便也挥手，灿烂地笑着。那时候，我的船长（呵呵，暂时就这样叫我的船夫吧），便会跟他们用泰语攀谈，攀谈的时候，船长总是笑着，然后所有的小艇都聚集了来，船夫们都会一起谈笑着，一起划着，时不时地用船桨激起一阵水花，凉凉地打在我的脸上和小腿上。船长，这时候便会倾斜一下，小艇，然后从船尾激起一阵水花，打在别的小艇上。船长露出骄傲的笑容。

心在刹那间软了下来，原来，这里的船夫是那样的淘气，那样的孩子气。然后，我便嘲笑自己，为自己最初的感觉。我原本以为，这样辛苦地奔波在这炎热的阳光下，流汗，劳力，生活是怎样的艰辛，一天到晚，养家糊口，又该是怎样的痛苦。现在，我错了，从开始就错了。错得幼稚，错得可笑。

在这纯净的地方，怎么会有金钱的污浊？我又怎么能用金钱的价值衡量他们的幸福？

幸福，这件小事，真的和金钱、物质无关。幸福，是世界上最简单、最单纯的事情，只是有了太多的附属物，便覆盖了它的本质。

我躺在小艇里，寂静地想着，拍下了这张照片。

我拍完,船长看着我,说,要小心喽,下面要过山洞了。他还想说什么,可是,毕竟中文实在蹩脚,便用手势打给我看。我笑了,点点头,紧贴着船底躺下去。他慢慢地划着,我闭上了眼。片刻之后,我睁开眼睛,只看见鼻尖上面一块锋利的岩石垂下来,我吓了一下,然后刹那间,不知怎么的,就想起来,小学的时候,学过的叶圣陶先生的《游金华石洞记》,此刻,还真是叶先生的感受。“仿佛,稍微抬一下身子,就会擦破鼻尖,撞伤脑袋”。叶先生的描写,固然经典,要不是他这番描写,我想,我是没那么大能耐描写出山洞的险了。

片刻之后,眼前一亮,我便是“脱险”了。我直起身子,四面环山,小艇轻轻地荡漾在平静的水面上,显得我是那么的渺小,别有一番四面楚歌的感觉。呵呵,又是怨我的多愁善感了。我正看着这无尽的碧水蓝天发呆,感觉着山后面的阳光比山前的要温柔好多,天空蓝中带有一点银灰色,别样的色彩,是我看遍所有油画里都没有的色彩。自然,固然是最伟大的色彩大师。怪不得,梵高他用一生的热烈去追逐阳光的绚烂,向日的葵花,热烈的流火。

不知道什么时候,船夫们又都围了上来,我的船长开始谈笑风生,其乐融融。真的感觉,这毕生都不会那么畅快了。忙着拍照,想把所有的景致都装进相机带回去。

我们荡漾着小艇,划到一片红树林下面停歇。茂密的树林,生长在水面的中央,别有一番情趣。我默默地看着这树林,船长说,我给你照张照片吧。我说 ok。

转弯回去的时候，遇到划着刚朵拉买椰子的中年人，他招呼我们，问我是否要个清凉的椰子。我那时正是喝水喝得脸上一碰就要溢出水来。所以，我便挥挥手，说，谢谢。

那人便笑着用中文喊，看看，那个山崖，真的很漂亮，还有，记得这里不是割喉岛，要去割喉岛看啊。

他们真的是干净得一尘不染的人，单纯得像一群孩子，骄傲地站在自己的城堡里，骄傲地向来者介绍自己伟大美好的家园。他们是精神的追求者，和我一样。想到这，眼眶红了，但我绝不悲伤。

船长坐在船尾，一直笑着，轻轻地哼着歌，阳光下洁白的牙齿干净又美好。小艇轻轻荡漾，像是在轻轻演奏一曲绵长的慢摇，坐在音乐里，慢慢地品一杯醇厚的咖啡，忘记时间，忘记市井的喧嚣，忘记所有的一切，就让灵魂在这慢摇里肆意游荡。我想，灵魂这一生都不会有太多的机会肆意了。

耳畔的声音渐渐嘈杂起来，又回到了木站台处，我回头看看船长，他似乎永远都是笑着，我朝他笑，然后，他示意岸上的工友接着我。“慢慢来，慢慢来，**คุณจะเวลา**。”我回过头，那人便拉我走上了站台。我还是回头望望我的船长，他朝我挥挥手，挥挥手，再见，再见。

再次乘坐刚朵拉，这次真的是前往割喉岛了。

下船，上岸，踩在灰白色的沙滩上，直面的就是一片陡崖，海水就在这里日日夜夜地漫灌，涨上来又退去，这里的天空有点灰暗，水湾更加狭窄了。站在四面环山的沙滩上，难免压抑起来。任海水从脚踝上漫上又退去，任风吹着口哨刮过去，自己，就站在那静静地看所有人登岸，和本地人的交谈。

我不知怎么走着，四处张望着，张望着，目光扫过一个个售卖纪念品的小摊，掠过一个个笑颜，就不知不觉地走进了山崖的后面。

这次，迎面而来的是007的主要取景地，也是电影里的标志性景物。

我固然是激动，连拍数十张。亲爱的詹姆斯·邦德，我来了。在隔着数十年的时间，隔着岁月的尘埃，我站在这个你曾经站过的地方，我该是怎样的表情，是笑着么，还是另一种不为人知的镇静。

当站在这海岛的面前的时候，忘记了时间，忘记了我在哪，只是在回想，回想詹姆斯的左轮手枪在这压抑的山崖怀抱里迸发出刺破平静的声嘶力竭。我再回头的时候，已经与他们走散了。只留一个人站在一群来往的蓝眼睛里。这个岛，倒是没有多少的本地人，只是有很多欧美的游客，想必也是好莱坞大片的影响力。我愣了片刻，便感到轻松起来，很奇怪，面对被丢在一个陌生的岛上，竟然没有一丝的恐惧。也许是我根本没有把这里当作是一个陌生的地方吧，就像我前面说的一样，我像是在参加一次挚友的聚会。

当只剩下我一个人的时候，我想我是什么事都可以做得出来的。我一向是个这样的人，越是一个人的时候，就越是做些不安分的事，什

么危险的事,统统做个遍。

背上背包,布丁在背上晃来晃去。塞上耳机,找到西城的 my love。便转身沿着陡崖的小路走上去了。

西城的声音是唯一陪伴我走过千山万水没有变过的声音,去过不少地方,跋涉过不少的山水,耳机里变换过不少的音乐,可到底,只有西城的音乐我一直没有换过。只有留在最后的,才是最美好,最心爱的。

山路很坎坷,石块高低不平地散落在狭窄的小径上,陡滑的山石走上去就很令人冒出一身的冷汗,更何况我只拖着一双拖鞋,四处打滑,脚趾被撕扯得生疼,脚底也似乎有液体一样的东西流出来。有那么一会儿,我真的感觉,随时有可能从这陡崖上掉下去。向山崖上望去,一片平静的海面,在群山中恬静的安睡着,高大的树木遮掩这纯白的海滩,异样的恬静。我吃惊地看着这陡崖下的大海。原本以为,所有的悬崖下都是汹涌咆哮的海浪声嘶力竭地拍打着悬崖,却没想到,这令人眼前一亮的景致,就摆在面前。我停下来,靠着木栅栏向下张望,瓦蓝的海水,像是倾倒而出的硫酸铜那般的纯净,没有杂质。这番的景致,像是天堂里伊甸园的湖水。不但没有让我恐惧,反倒让人有种更想亲近的感觉,那种温暖,好像是一个温暖的怀抱。有一个念头,我想跳下去,从这里跃进天堂,在这个温暖的怀抱里一睡不醒。我跨过低低的木栅栏,探出身子,拍着照片。

我回过神来,继续走路,蜿蜒的小路,延伸着,在午后23℃的阳光里,散发着像是刚晒过被子的温馨。这虽是陡崖,却让人异常地安心,那般地恬静,只有在这里感受得到。

我一个人走一群人结伴而行的路,走得理直气壮,走得自由快乐,我又一次忘了时间。

走了很久,脚底终于麻了的时候,我来到山后的海畔,阳光大把大把的倾洒下来,似乎是在怀抱来到这寂寞的地方的游人。的确,这个小小的海湾,没有太多的游人,环顾四周,也只有我一个人和两个本地的船夫。毛主席说,无限风光在险峰。那么,这里,我想说,无限风光在陌路。

我是个野孩子,我真的是那种可以肆意游荡到天边,天黑了还不肯回来的孩子。站在这寂静的海滩,极目望向四周的重山,阳光真正好。那么一个刹那,有一种想大声呼喊飞速奔跑的冲动。可是,我不能喊,这山是笼罩在天堂眼泪里的,任何细细的喧嚣,就会打破这安详的结界,然后,泪就会掉下来。我不忍心打破这盛大的安详。

097

放心，我们都将后会有期

想得好好的，却突然不知道要怎么写。就好像，我们准备好的情绪，却在应该用的场合里阴差阳错得无处投掷，空留一片奇怪的遗憾。

刚买的书到了，《练习一个人》。随手翻了翻，一句话突然就让我印象深刻："努力过的人都知道：爱一个人，只是努力，远远是不够的。"我倒不是太赞同，但却的确认为这是真理。且不说除了努力还有什么，因为答案太多，每个人都有选择自己如何去爱的方式，就像我写出能感动到自己的情书，却被你随手掷向书桌，就像你说出一句你以为能让我欣慰的话，却被我误解成面无表情。我们都在爱，都在努力，却最终永远永远都不够。可是，谁又能否认这种认真又扎实的努力呢，只要你还在努力爱，一切都没有白费。

最近看了新近上映的电影，什么《小时代》，什么《后会无期》。总之只有一种感觉，那种一切都会被时间磨灭的暂时感。友谊可以随着时间凋零，信任可以被时间剥离，总之，陪伴只是虚幻，孤独才是现实。几乎很多人都能在这种情感中找到思想的共鸣，把这种暂时和忧郁的孤独奉为人生的本质，心想，是啊，我就是这样的啊，这些事我也有体会啊。真是灵魂的共鸣呢。可是，你到底有没有想过，这是真的共鸣还是你被电影的情绪渲染以后自己的对号入座？就好像很多被人认为极准确的心理测试一样，感觉对自己心理的分析丝毫不差，其实不过是你在用自己所有可能相似的经历和情感体验与它们的描述相对比罢了。这些电影的情感表达是一个道理，它们演着它们的剧本，你在一边默默回忆着自己的故事。

我们似乎都相信了那句叹息，告别的时候最好还是用力些，你多说的这一句可能就是最后一句，你多看的这一眼就可能是最后一眼。

我们都开始在消极的潜意识里放不开那个人，开始不敢在分别的时候笑着告别，开始在杳无音信的深夜里失眠，开始变得对所拥有的东西患得患失。最后，我们都成了这个时代的神经质，以为任何东西一旦分别就会出现不可抗的意外，从此再也不相见。我们再也不敢慷慨地放开握紧的手，再也不敢豪迈地在送别的渡口双手抱拳，响亮又坚定地说，后会有期！我们忘记了原先的词汇，只记得那些不得已的分崩离析，我们忘记了志在江湖，天下谁人不识君的豪情万丈，变得连内心的意愿都不敢大声地说出来。只记得那些看似真理，用假惺惺的忧伤来揭示人生本质的谎言。我们忘记了期待下次相遇的激动和憧憬，只记得了如果哪日杳无音信，石沉大海，自己该是怎么样的落魄和受伤。可是,我们本该这么忧伤么?

今天,在给他写最后一天的 memo 的时候,我写着:既然离别是我们的必修课,那么我们要做的就是把这门课修好,不要挂科。

当我们的离别成为一种定时到来的节点,我们根本没有经历去设想千万种如果再无法相见的可能,我们只会期待何时何地我们再相见,再相见时,我眼前的你又是什么样子的。别说世事难料,别说沧海桑田,更别说一切都败给了时间。时间是这世界最客观的东西,它无辜,它毫无杀伤力,而我们在这些时间里所做的一切事情才是改变一切的最初、最根本的原因。别说时间骗了你,是你在时间里做的事情渐渐背离了最初的自己。你的,你想要的,你爱的,你努力着的,都会在暂时的离别之后,重新回来拥抱你,你们的告别只是在看不见彼此的时光里,努力熠熠生辉,变成崭新闪着光的人,重新遇见。三毛说,这世界没有谁会凭空消失,除非连同记得他的人也一起消失。这世界没有那么多如果,没有那么多可能,更没有那么多阴差阳错的巧合,每一次付出都会是一个希望,最终拼凑出你最希望得到的结果。别听他们蛊惑,放心,我们都会后会有期。

我们都曾被爱,或明或暗。

你说,我把我所有的情愫都写出来了,写满厚厚的本子,邮寄给你,这是我爱你啊。可惜,那个人不懂。

他说,我把我该做的都默默做了,不让你不安,这是我爱你啊。可惜，你不明白。

你以为爱是要说明白，用最响亮最悦耳的声音说给你听。他却在夜半给你打电话到深夜的时候皱着眉头担心站在窗口的你着凉。你以为他要给你最最独特的惊喜，他死活不说想念你。你以为他心如枯木，不解风情，却不知道，他背地里，为了你能玩耍得开心熬过多久才设计一条路线，你却不知道，他也会在告别的机场里转身红了眼圈。你却不知道，死活不说很想你，却在无数深夜辗转难眠。你却不知道，看似无心，他却在多努力地为你呈现一个更优秀的自己。你写信字字珠玑，沉甸甸的感情，他却一个字都憋不出来。你沉默地走着，他逗比地笑，你觉得那是荒唐，可到最后你才懂得一个道理，两个人之中必须有一个人充当永远乐观的小丑，才是两个人不分离的恒久的希望。你以为着你的应该，可那是你的爱啊，他却爱着，用他的方式，默默的，暗中的。

倘若你能明白，就相信你们终究会后会有期吧。

忘了谁说的那句话，我们都揣着爱和枪，却在面对彼此的时候，不自觉地举起了枪。

我们都不曾有过恶意，只是在努力去爱的时候，太慌张，太灼热。可是，这样受的伤又怎么不能说是幸福的。

于我。

幸福就是千辛万苦找到了一本自己心爱的、寻觅已久的书，在一个细雨的午后，独自坐在灯光下，小心翼翼地撕开书的外包装时心脏安静又激动的跳动的真切欣慰。

②

岁月风华换故事一场

摇滚妹子都有柔软心

酝酿了很久才想着好好地写一篇文字，也是在给自己的文辑想名字的时候，不假思索地想到了这样一个一直在心中搁浅的名字。大概我想，只有我知道为什么想给自己的文辑起这样的名字，也只有我知道，在平静的日子里，有人陪我听摇滚，和我一起抓起书包就去自习，说走就走的半夜溜出寝室去看球赛，我也知道，有人在另一个地方抓住我的心房，让我在每个深夜酣然入睡或是辗转反侧。

大概只有经历过的人才知道珍惜到底有多重要。前些天，我在一篇文章里看到，这样的一句话，它说，我真的不知道，哪一天的哪一个不经意的再见，就真的让我们再也见不到了。

看完倒吸了一口冷气，看看今天刚刚给你说了再见的微信，一片荒凉。自己总是一个有危机感的人，对于这种像预警一样的话总是恐怕哪天就落在自己身上。骤然又觉得自己侥幸得很，在这么长的一段时间里，我给你们说了那么多句再见，感谢如今我们倒都还完好如初地看得见彼此，还能在再见之后笑着说你好。也似乎是这样才明白了之前一直没有明白的话“我获得的都是侥幸，失去的都是人生”。没有谁的离开是空白白、赤裸裸的，他们的走，偕同着你或大或小的一块记忆，从你完整的肉体上，或疼痛或麻木地割去了。你看不见，却终究还是少了那么一块。

前些天参加旧时同学的聚会，在喧闹的KTV听他们一个个大声地唱歌，自己捧着点歌机器，却不知道点哪些歌。同学怂恿我去唱几首，翻出来当初很喜欢唱的几首歌，如今却再也不会去听，不会去唱了。他们问你现在都在听什么歌啊，我笑笑没说话。只是觉得，是啊，一个人和一个人在一起时间久了，就会变得越来越像，什么爱好啊，生活习惯啊，甚至怪癖都会越来越像，最终就好像你们成了彼此生命里的血液，你中有他，他中有你，再也无法分开。

整整一年。初相识时你吊儿郎当地指着被你贴满贴纸的笔记本电脑跟我说，这些都是我喜欢的乐队。我瞪大眼睛看你混乱到死的桌子和叛逆的贴纸，你问第一句话，hey,你都听什么歌。我记得没错的话，我大概是蹦出了“陈绮贞”三个字。

你像是没听见一样，雷厉风行地说，这可都是德国摇滚乐队的贴纸，还有我的电脑桌面。谁知道呢，我现在和你一样，听和你一样的歌，在那之前，我还是听我安静的陈绮贞，你依旧是听你爆裂者一样的林肯。可惜的就是，偶尔一个奇怪的天时地利，你便把你的轨道嫁接到了我的轨迹上。

自习时你塞给我的耳机里永远是放不完的摇滚，然后两人跑偏，丢下书本，开始窃窃私语地讨论一个又一个的乐队。直到时间走了一圈又一圈，我们看看表，叹息地说，哎呀，学不成了。然后背起书包，放荡不羁地走出教室踩进装满叛逆化不开的黑夜。从此，你自由的生命里有了我和你一起的爱自由，有了我和你一起的叛逆。

我们听夜愿，听枪花，听 TOKIO HOTEL，听林肯，听绿日，听涅槃，听 black veil bride……听所有让人血脉贲张的摇滚，听所有表达叛逆的乐章。好像我曾经小心翼翼的自己早就死掉，在遇见你的时候，新的灵魂骤然重生。我开始踏踏实实地感觉到生命的节拍，脱离开那种太细腻太伤春悲秋的敏感，粗犷却认真地活着。每一次难以忍受的经历碾压而来的时候，都会有一首你留在我音乐播放器里的摇滚让我满血复活，这大概也是你于我有那么重要意义的原因。

我们一起去赶过《超凡蜘蛛侠》的首映，在深夜的路上激动地手舞足蹈，我们一起熬夜看过世界杯，一起干脆利索地翘过课，一起在冬天夜游过校园然后幸幸福福地吃一顿小火锅，一起熬夜泡自习室学习过。我们一起做过的事情现在安静地想来，还真的不少。我很庆幸当初自己是真的快乐，是纯粹完整的快乐，是没有过的最快乐。我也值得骄傲，在一起说过无数次“睡去吧，二货”之后，我们还能在今天继续说。前些天，你吵着让我教你买足球彩票，结果你个二货差点买成双色球。你说你在看世界杯重播的时候不要我告诉你结果。我很兴奋，看着我一点点地成为你生命里的一些物质，我的习惯和喜好渐渐嵌入你的生活里。

我想一个人的成就感，大概就是如此。看着你每天朝夕相处的人越来越与你相似。

有一天你说你在翻看你以前的短信，说是看得满心怀念。我说，我给你看吧，我的信息。翻来几封，大都是考试周的时候每天清早一醒来就给你短信一个震你起床，然后去寝室找你，一起买个面包去自习。翻了几页，大概都是这样。看着你眸子里清澈的怀念和柔和，不尽然地想笑，原来你这个硬汉妹子还可以有软妹的时候。

你说你想要个乐队叫毛线，你说你想在糖果店打工，我说，我们可以一起组乐队，我说，我们可以干一家永远只播放摇滚的糖果店，名字叫作 Rockin' Candie。你说小然然，我说我权。哈哈，我想写到这个点，真有点像写情书了，你这个二货绝对会笑死，我现在也快笑出声了。不过，这种接近搞基的关系，是珍贵的，毕竟我们要珍惜每一个出现在生命里的那些愿意和你共享时光和愿意花时间给你的人。

越写越不知道在写什么了。倒不如早点收笔吧。

你有多珍惜，就有多长久。要相信，我们都是摇滚妹子，却也都有柔软的心。在叛逆和坚强里学着爱，学着长大，学着珍惜。

从此，你自由的生命里有了我和你一起的爱自由，有了我和你一起的叛逆。

十个半小时的故事

你已经四个小时没有理我了。

在这四个小时里，我喝了两瓶酸奶，听了25首绿日还有林肯的歌，睡了半小时，翻了不下10遍的微信。

你就是还没有冒出来给我讲话。我知道是我故意先不理你的，微信对话框里还留着你最后发的可怜的表情。我没有删，也没有回复。我以为你一定会再出来跟我讲话的。

你为什么没有出来呢。我想你一定是睡着了。不，或者你被叫去考试了。这是考试周的最后一天。可是一场高数明明时间是两个小时，就算你三点开始考，现在也已经考完40分钟了。那么，一定是考完下楼去买晚饭了。等一会儿可能就出现了。

我一直在等你却不知你也在等我

我又重复了一遍林肯。第27遍。

该吃完饭了吧。你吃饭的时间大概是30分钟,每次都嫌弃我吃得慢。可是,这样的话,你应该已经吃完10分钟了。可是还是静悄悄的。

我是不会先给你讲话的,毕竟上午是你把我弄生气的。我打赌我两天都不会给你讲话了。

我觉得睡觉是最好过的方式,我开始躺下来。闭上眼睛。

现在是晚上7点,你已经6个小时没有理我了。我在床上翻了40多圈,感觉脑袋沉沉的。可是就是无法专注休息。

我打开电脑开始上网。时间开始过得快起来。

翻到了好多有趣的东西,好多次都差点把链接发给你,让你也看看,可是都想起来,我不能,我不能给你先讲话。我是不会先讲话的。

放下手机,我继续浏览网页。

我看完了一部电影,是我曾经吵着要和你一起看的,我想下次我能给你剧透了,可是我不会先给你讲话的。绝对不会。

现在,你已经9个小时不理我了。我吃了晚饭,看了电影,洗了衣服,还试穿了新衣服拍了图。我不会发给你我的图,除非你先讲话,然后我故意不理睬你,然后你道歉。

113

我开始坐下来看书，边看边想到，要是你看了这一段落，会是什么评价。但是，我不会告诉你，我看的正是你想看的罗素的书。还是安安静静的，我想你一定是去自习了，之后就会回来了。可是现在明明晚上10点了。你从来不熬夜的。

我开始看不进去这本书，翻来覆去的在纸上勾勾画画，画了5张纸。可是你还没有给我讲话。

我开始想，你是怎么惹我生气的，却不记得为什么，但是我知道，我一定要给你一个教训，我不能先跟你讲话，这次一定要你先找我才好。

我开始困了。现在是11点了。你已经10个小时没跟我讲话了。我们一起订阅的微信订阅号杂志都推送出了今天的新版。平常你都会准时和我一起看，然后一起讨论今天的内容。可是你今天是不是没看到。是不是手机掉厕所了。11点了啊。

我相信，我明天还不理你。

11点半，我打开微信。看着你沉默的对话框。

“你知道……你多久没……”我刚在对话框里打出来几个字。

熟悉的几个字便瞬间冒出来。

“你已经10个半小时没理我了……亲爱的，怎么能不理我？”

夏日凉纪

我相信人的心是像禾苗一样需要滋润和悉心照料的。

那么就讲个故事吧,说是故事,也其实只是这些天那些刹那带来的内心一点点触动的片段。在这些燥热的考试周的日子里,让人也会觉得岁月残忍之下的温柔和世界的宽容。我们都未曾被遗弃和辜负,只是在焦灼的时光里,我们都要学会静心沉淀和慢慢发现。

寝室楼前有一片被树荫遮掩的空地,夏日的中午便会在地上投射下斑驳的闪耀的光斑。可是就算这样有一片阴凉,对于这夏日37度的灼晒也是杯水车薪。我们总是匆匆忙忙地路过或干脆一路小跑地逃避骄傲的光芒,往寝室楼里钻。一个午后,我被唤去出门领快递,不免烦躁,可惜只能撑着伞疲惫地走出去。午后正是热气最喧嚣的时候,寂静的室外仿佛能听到蝉拍打翅膀的声音,水泥地上仿佛升腾起热气,寂静得像是要发出嗞嗞的声音，偶尔半天有一两个人路过，也都是快步往建筑物里跑。路过那片阴凉地的时候，倒是突然想起原来总会有个老人坐在那里卖旧书。可惜旧书实在太旧，旧出了时代特色，就很难引起现在人的兴趣，便总是每次都孤零零地被摆出来，再被收起来，好像，我还没见过他卖出过一本书。不知怎的，这事儿竟引起了我的好奇，走过那旧地方的时候，故意张望了好几眼。

在那斑驳的树影下面，老人穿着一如往常的白色泛黄的绸子汗衫，坐在简易的折叠板凳上，一手摇着磨旧了的蒲扇，一手捧着一本黄了书页的书，一脸平静地看着。他时而眯起眼睛，嘴唇略微动了几下，大概是在努力辨认书上的字迹，蒲扇在他手里温顺地有规律地摆动着。这大概不会起到什么凉爽的作用吧。我想。他安安静静地坐在树影下，阳光从枝桠的缝隙里热烈的倾泻而下，如碎汞一样倒在他面前那铺得整整齐齐的一地的旧书，还有那个他用遒劲的毛笔写在纸板上的价格，两元5本，像极了一幅老照片。他创造了属于他意境的照片，也被这个夏日所包容。大概是好奇，也大概是被吸引，我站了良久。老人始终没有抬头，蒲扇依然没有作用地缓慢地摇着，烈日在他头顶喧闹，可是好像他并不是这令人焦躁的夏日里的人，好像他有一个他自己的结界，把自己笼罩，此外世界再与他无关。我看他依旧重复着嘴唇的抽动，可是，眉角却依然安详，愉悦。像夏日里扑通掉进冰凉池塘水里的啤酒瓶盖激起的一泓水珠，洒在每一个察觉到的人的心里，清清爽爽，干干净净。我猜，他该是来自哪个仙境的仙人，安详地在自己的世界里神游物外。我想拍下这弥足珍贵的图片，留给自己在这个浮躁的季节撷取一片安宁。可是，却怕现代社会的光影技术，干扰了他质朴天然的纯净。

后来，也见到他在傍晚日影斑驳的树影里弓着苍老的脊背，认认真真地把一本本书收起来，缓慢地掸去灰尘，收进包裹。他依然是一脸安详，眉角好像定位在了恰到好处的弧度，不躁不乱，如风去无影、花落无声一样的淡然恬静。不知道他到底卖出了几本书，也不知道他是不是只是爱了这份清净。

树影依旧斑驳，却清爽如他。

燥热的日子总会有，就像你不想见到的事情和不喜欢的人总会存在，只因为我们不是神，不能选择遇见，不能选择度过。可是，当同样的境遇出现，并不是每一个人都会像你一样躁动不安，总会有人凌波微步，在万般焦灼的时光里淡然自若。而这一切，与他人无关，只是取决于自己的选择。就像我们总得学会适应不同的环境，学会和不同的人打交道。学会在叫嚣的环境里，结一层自己的结界，安静得问心无愧，学会在浮躁的岁月里，铺一条路，自己踽踽独行。我们都过在自己的生活里，走在自己的路上，心里怀着自己爱着的人，每一条路都不一样，活得成功的人，永远不会被别人路上的风景乱了脚步。

就像是每一次黑夜都会是另一半球的日出，我们活在喜忧掺半的世界里。每一段纯粹的笑都来之不易，每一次心底的柔软都是一次恩赐，你要学会看到，学会珍惜。就像你要感激那些自习时为你留一个座位的人，你要铭记那些陪你听摇滚的人，还有感谢那些在你最坚硬的时候温柔了你岁月的人。

但愿，你眼中的风景会清凉了你燥热的夏天。

树影斑驳却清爽如他

每一次纯粹的笑都来之不易

冬日的烤红薯

他有一个账本，记录着一笔特殊的债。是感情债。

账本里有一个个不同时间里的感情曲线坐标图，还有一条条的感情赤字，以及赤字上还的最后期限。后面几页的备注上，还有他对待这些赤字的分析和处理措施。已经还清的债务，他用绿色的记号笔，轻轻地画上一个对勾。

他是账本的主人，她是欠债的人。

可是她没见过他的账本。

欠债还钱，天经地义。但是，这不是财务债务那么简单的事，是一笔感情债。债款以零为底线，上不封顶。借他的一度温暖，就是一笔债，他会记得，然后，她要绞尽脑汁地想办法用不同的方式还债。

那个冬天，太冷了，所以，她想都没想借了他很大的一笔温度。但是，那个冬天的寒冷持续到了春天，她习惯了向他借得温暖，乐在其中，以为是理所当然，日子久了，就忘记还上。

直到有一天，他终于把一个冬天的账单，递到了她面前，红彤彤的一大片。旁边一个曲线图，接近垂直与 X 轴的陡直下降。她笑了，说他还真把这些当金融学给做了，还真弄了个账本。真是学呆了。

他没有笑，严肃地说他是认真的，问她准备怎么处理这些感情赤字。

她愣了一下，然后接过账单，整整一大张 A4 纸，全是血红的赤字。旁边的一行小字引起了她的注意，上面写着：已经超过上缴债款的期限。这次不再予以延期。

她心里又好笑，又悲苦。不知道如何是好。她张大眼睛问他，怎么办。

他说，两个选择，还债，或者，永不再借。

她又愣住了。

错愕，错愕。她不知道这么一大张的赤字怎样还。她开始抱怨自己，年复一年地借债，终于透支了，自己也还不上了。

她哭了，这与欠债无关。只是在那一刻，她觉得，她像一个感情乞丐。

他又说，看在她是借债的老熟人的分上，给她几天的考虑时间。然后，他转身走了。

她站在街口，像一个炒股破产的失败投资者，落魄地看车来车往。两手空空，寒冷长驱直入，冻得她骨头咔咔作响。

她开始了独立创业的征途。花钱买比以前更多的厚毛衣，用工资多买了两个壁炉，并且，她不再节省电费，每天保持24小时的热水，又托邻居的婆婆帮自己套了两床厚被子。

他给她的考虑时间终于到了。

那天，她没有去他预先约好的那家咖啡店，而是去了另一个僻静的街区。

她一边踢着街道上的厚厚的积雪，一边想。

“我大可不必在一个人身上寻找温暖。冬日清晨的一块热乎乎的烤红薯所带来的温暖远比你带给我的温暖实在多了。指望你给温暖，风险太大，也太傻，毕竟温暖不是货币，你不是银行，存存取取，毕竟你不是火炉，只需柴木就可以熊熊燃烧，你是人，最麻烦的生物。你的温暖，实在难以企及，罢了。况且，你给的温暖再如何温暖，也只是37℃的微小温度，不挡饿，不挡冷，怎能与一块小小的烤红薯相比？”她想着，笑了。

她的电话响了,是他的短信。他已经懒得给她电话了。

她掏出来,看了看简短的一句话,然后微笑着删除。

当他给她温暖,让她觉得心惊胆战时,她累了。再想不出他给她温暖之后,她拿什么去回报他时,她便拐进街角的商店,买了一块热腾腾的烤红薯。

小确幸

微不足道的，确实的，幸福。小确幸。

——摘自村上春树语

于我。

幸福就是千辛万苦找到一本自己心爱的、寻觅已久的书，在一个细雨的午后，独自坐在灯光下，小心翼翼地撕开书的外包装时心脏安静又激动地跳动的真切欣慰。

“我最……”

“你最不想上政治、历史、地理课，你现在最想看《百年孤独》，你最喜欢的球星是克洛泽，你现在在想下课吃点什么饼干。”

在我刚张口向你说些什么的时候,同桌的你一个个全都说了出来。

和人说话很简单,很容易,但是,和人沟通就太难了。

幸福的希望就是,一直存在一个可以沟通的人。

幸福就是自行车后座上,慵懒地伸直双腿,深深呼吸掠过脸颊的风的味道时那种自然随性。

如此小确幸。

Rodda's

25%
Extra free

我终于到达
但却更悲伤

他在她生日的时候送了她一个精致的墨绿色绣金色竹叶的云锦手袋,玲珑古朴,仿佛是从民国时期江南潮湿的青石板上娉婷而过的少女手中接过来似的,闻一闻似乎还带着苔藓的潮湿味道。

他笑着看向她,眉角弯成好看的弧度。

她回到家,小心翼翼地把手袋捧在手里,仔仔细细地看着。然后,又慌张地拉开所有的柜子,把所有的衣服翻了一个遍。她在衣帽间里热火朝天地试着每一件衣服,曳地白色长裙,棉布短裙,及膝短裤,背带牛仔裤,她兴冲冲地试着每一件衣服,每一次都会配着她的手袋,可是,每次她都扑闪着失望的眼神,再一件件地换掉。时间过了很久,她气喘吁吁地收拾起所有的衣服,颦蹙着,望着放在桌子上安安静静的手袋,发呆。

于是,她有了一个想法。

周末她急匆匆地去了小城里的一家最精致最昂贵的手工旗袍商店。她想要为他给她的云锦手袋挑选一件最精致最贴切的旗袍。店主把所有材质,颜色各异的布料展示给她看,她挑剔地看着。店主换了一批又一批的布匹,她都不大中意。正要离去的时候,店主叫住她,告诉她,店里还有一匹布,是民国时期一个老裁缝传承下来的手艺给纺出来的,是店里最昂贵的一种。她停住了脚步,坚定的眼神在告诉店主,她执意要看一看。

店主从尘封的仓库里找出那匹布。那是怎样的一匹布啊,靛青色的绸缎,用金线手绣着雍容的芍药,一只银色的杜鹃巧妙地勾勒在肩膀上,仿佛下一秒就可能冲破布匹飞向天空。她简直是被这精巧的手艺和华丽的绸缎吸引住了魂魄,竟是不忍移动一步。

店主看她出神的样子,就问她要不要做一件。

她抬头望向店主,重重地点头,眼睛亮亮的。

量过身材以后,店主答应她在下个月月初就给做好。她欣欣然地笑着,嘴角有好看的酒窝。可是,店主说,要定做这么一件衣服要付出比定做其他布料衣服高出好几倍的价格。她随即又皱了皱眉头,说,没关系,先付了一小部分的定金,取回衣服的时候一定全部付满。

店主看着她倔强的表情,答应了她。

走出商店，她整个人的心像是飞了起来，抬头看天空，阳光像是碎金子一样的洒满天穹，比任何时候都璀璨。她像是从来都没有见过这么美丽的天空。

回到家，她又翻出她曾经的一双高跟鞋。很久都不穿高跟鞋的她，穿上鞋子就好像是踩进了荆棘一样，脚心一阵阵的生疼，可是她的心却是无比的开心。她又电话给了顶头上司，告诉他，下半个月的科室加班她一个人都要了。上司以为她疯了，不过倒也是满意地同意了，并告诉她，会奖励她一笔好报酬。

她开始了她的忙碌，每天疲惫地回到家里，几乎都会很快睡过去。他给她去过几次电话，说是晚上一起去听音乐会，但是她都疲惫地拒绝了。他问过几次她为什么这样辛苦自己，她总是笑笑说，没事，很喜欢。他也没说什么。

这样的日子不紧不慢地持续了半个月，月末绩效工资的时候，上司的确不负所望地给了她一个大大的奖赏。她兴奋地冲出办公室，给他打去一通电话，很久很久，那头才接通。

她说，后天你要等我，我去找你。

他很久才说了一个字，好。

刚下班她就直奔了那家旗袍店，她着急地唤来店主，店主笑吟吟地从屋里捧出来她定做的旗袍，要她换上试一试。

半晌，她走出了试衣间。站在巨大的镜子面前，她吃惊地张大了嘴。这该是个多么美的面容，姣好的轮廓，细瘦的手臂如半夜凉初透的月光下的美玉，颀长白嫩的脖颈，骄傲得像一只白天鹅。靛青色衬托出她更加白皙的皮肤和更加乌亮的头发，仿佛这件旗袍就是从那遥远的民国飘转而来为她而准备的。

店主说，要是再衬得一个墨绿色的手袋，可真是美轮美奂了。

她笑了笑，没有说话。

付满定金，她走出了店。

她所期待的那一天终于来到。她早早地梳洗干净，高高地盘起乌黑的头发，穿上刚定制的旗袍和那双本就不舒服的高跟鞋，然后，从抽屉最顶层小心地拿出那个墨绿色的手袋。站在镜子前，她觉得自己就好像是潮湿雨雾里那个撑着油纸伞走过青石板的呢哝软语的江南女子。

她拎着给他的礼物兴奋地走在去往他家的路上，仿佛风都在歌唱。可是——

当这一秒的她还在兴奋地幻想他见到她时的惊讶时，下一秒就足以给她一记耳光，让她眩晕。在街角的转弯里，他正挽着一个拎着和她几乎一模一样的手袋的穿着牛仔裤的女子，站在那里，似乎在等她。她快步走向他，努力地挤出那一秒前冷冻在脸上的笑容。可是，他却没有抬眼仔细看她一眼。

她想开口说什么,可是他却抢在了前面。

他问她分开吧。

沉默,她竟语塞得连为什么都不知道去问。只是指了指那女子手里的手袋。他说,他买了一个差不多样子的手袋给她,她很喜欢就天天带着它,他很感动。片刻之后,她甩掉给他的礼物,一个人朝着相反的方向跑走了。

终于她一个趔趄倒在路边。她咬牙脱下她的鞋子,发现,殷红的血早已经湿透了袜子,似乎都干了,这血流出来了多久?

而当她试图站起来的时候,发现,他送她的那个手袋不知什么时候已经弄丢了。

我们总以为要让自己变成强大到坚不可摧,让自己完美到无法吹毛求疵的地步才配得上一个人的喜欢,以为有了一份珍贵的手袋就要配之以昂贵的旗袍、蹩脚的高跟鞋,以为有了一个深深喜欢的人,就卑微到尘埃里,非要把自己变成光彩夺目的女王才配拥有一样。可是,当我终于到达,那个自己千般珍视的人竟早就人去楼空沧海桑田一般不见了。一切在还没来得及珍惜的时候,就已经成了过眼云烟。我们都是憨人,都忘记了,其实,就算让旗袍配板鞋又怎么样,就算让手袋配牛仔裤又如何,一切的一切不在于我要多美好才能遇见你,而是,遇见你就是我最美的时光。Love is blind,能有多少次削足适履呢,一次奋不顾身就够了。

安宁暖煦

这些日子一直在做梦。噩梦。可是每次都深陷梦境不舍得走出来。

炎热的季节在持续着，祈求大雨的祷告总是在晌午燥热的气息中蒸发了去。我想你该是在奋笔疾书些什么，或者偶尔想念些什么。

这个夏天注定是绯红色的，看球场上红色的拜仁球衣迎风招展地映射进瞳孔，染遍苍穹。那是一个难以平复的夜晚，踮脚站在看台上，挥舞着鲜红色的队旗，高声呐喊的声浪淹没了所有的情绪。我们呼喊穆勒，呼喊里贝里，呼喊罗本……似乎觉得自己像是在把自己的灵魂拽出来，肆意地宣泄，用无懈可击的声浪和汗水，抵挡对未来未知的迷惘与眼泪。这样，似乎未尝不可。我记得，七堇年在写书的前言的时候说过，那些时光里，我不敢轻易地哭泣，因为我知道这眼泪于我来说有多重要，在以后干涸的岁月里，我还需要它。

沸腾的夜晚，沸腾的情绪，如醉酒一般的难分现实。于黑暗的夜里，听到他们说，绯红色的球场里，少了熟悉的K神。

思绪回到从前，回到很久很久都尘封住的日记里。那样的一句话，“6年前，你28岁，青涩的末尾，风华成熟。我，豆蔻的中央，青春的前奏。你以王者的姿态留给世界一个侧脸，从此遮盖了我世界里所有的光辉。”矫揉的句子让人在忍俊不禁的同时，感慨了时光的易逝。

那些过去的日子在深深浅浅的当下时光里若隐若现，你说我不曾怀旧，我只是苦笑，心里自是明白，我不怀念，只是因为，每天都会在脑海中遇见。我只是习惯了不去触摸，只是观望一下，我知道我的路，当然，我相信我足够坚强，足够用勇气一个人走。所以有时候我想起你曾经说，“你从未留我一个人走”的时候笑得前仰后合。

黑格尔说，我们不仅仅需要脚踏实地的人，有时候也需要仰望天空的人。

人们总说，灵魂走得太慢了，而肉体总是飞速地旋转，所以我们要停下来，等一等自己的灵魂。可我觉得，我现在就是那种灵魂走得太快，肉体已经落后的人。一直在让思想旋转，飞离了太远。

孤独的人总是会在生命中创造出一个自己幻想的世界，并且久久沉迷于其中不愿走出。所以我总是刻画出许许多多的人物，描摹了千千万万的场景，写下了千言万语的故事。我以为，我把所有的回忆酿成小说，写成故事，就可以让自己记忆腾空，心安理得地遗忘。可却发现，南辕北辙。无论是秋暝，寒漪还是安暖，我总是难以逃脱某种既定的记忆轨迹，而那个记忆里面，你在劫难逃。所以，我相信，就算是把记忆写成故事，也只是重复地温习回忆而已。终不是遗忘的办法。

顾城说，黑夜给了我黑色的眼睛，我却用它来寻找光明。

黑夜的黑，让我飘渺的灵魂回归肉体，所以，那时，我清醒得很。无尽地思索我的路，却因每次想到成长的不可抗拒性而毛骨悚然。对于成长，我不是抗拒，而是发自心底的恐惧。仿佛我是一棵洋葱，每一次的成长，都像是从我身上剥去一层，久而久之，自己终将赤着双脚站在炙热的柏油路上。前无古人后无来者的桀骜与孤独。但是，转而一想，既然自己不抗拒成长，又何必为难自己？我们都无力扭转时光，只不过是要自己在有生之年乐于自己所接受和获得的罢了。

明天是整整的300天。

想到这里，总是油然而生一个火凤凰的形象。背后是昏暗的天空，面对的是熊熊燃烧的烈火。它一个转身，收回凝望深色夜空的执着迷惘的目光，凛然地昂首阔步，踏进熊熊烈火。凤凰涅槃，浴火重生。这便是现在的我们，义无反顾地走上我们曾仰望了很久、揣摩拟画了很久、恐惧过很久的征程。我想，这场烈火会烧去我们纷杂的思绪，蒸发尽我们的眼泪，让骨骼坚固，让翅膀镀金，待到那日烈火被大雨熄灭，这只凤凰，振翅鸣叫，一飞冲天。

而在那场大雨来临之前，它曾站在过死亡的门口。

人类总是在面对未知的时候异常地恐惧，所以，我想，唯一能彻底战胜恐惧的办法就是把所未知的变成已知。无论已知的结果有多么惨，都能接受。因为人的潜在勇气是无穷的，纵使你横竖都不愿接受，到最后自己还是会慢慢接受了。这就是现实，也是我们必须热爱的现实。

人们说，海子是充满死亡色彩的诗人。我不否认。可，他是精神的富裕者。在他的精神世界里，没有死亡，没有遗憾。那么，亲爱的海子，如果你没有撒手而去，我想我一定不惧艰难地去找寻你。与你同样手捧一本《瓦尔登湖》，坐在夕阳染红的山巅，噙着泪大声背诵，大声吟诗，大段地沉默。那一刻，我想我一定不愿老去。

你是否也曾恐惧过，像我在深夜里紧紧拥抱自己。

司汤达的墓志铭上只有6个字，“活过，写过，爱过……”，以一种最纯粹，最简单的方式生活过，存在过，这就已经足够。不需要华丽复杂的辞藻总结，简单的只言片语，就足够让人深思。最简单的词语，最少的文字，往往最难以理解，因为深刻太多，反而无言。人生也一样，历程太多，遇见太满，反而寂寥。

走吧走吧，少年少年。青春就是这个样子。没有谁能躲在时光遗忘的罅隙里逃避岁月的凌迟。如果注定要浑身是血，那么，不如浴血奋战，如果注定要碎尸万段，那么，不如战到最后一息。就算前路九死一生，就算生命无法承受之轻，也要活过一遍，战过一场。那样，在夕阳染红天际，也染红脸颊上的沟壑时，自己才会恍然明白，哦，这就是人生。才不枉这墓志铭上“活过”这一栏。

孤独者，披荆斩棘。

孤独者，披荆斩棘

他的单车

这是他的单车。天蓝色的山地赛车。

车把微微扬起，像是骄傲的少年不肯服输的脖颈。崭新的金属链条和钢制构架，在阳光下闪着耀眼的亮光。车子后轮上没有车座，只有一个小金属筐，车把前面没有车篮。

少年的他总喜欢把篮球扔在车子后面的金属筐里，然后背起书包，沿着杨柳依依的马路，风驰电掣地飞骑一路。夏天，薄薄的白色衬衫随风飞舞，偶尔从发丝间滴落的汗珠镶嵌进衬衫里，留下浅浅的痕迹。冬天，荒芜的马路上，他依旧风驰电掣，黑色的风衣卷袭着冰冻了的冷风，偶尔停下来搓搓手，白色的哈气装点了清晨寂静的街道。任时光匆匆，季节往复，唯独他单车后面金属筐里的篮球不变。那天蓝色的山地车，车座后的金属筐，篮球，成了少年最美的记号。

后来，他离开了这条街道，离开了这所学校，去往另一座城市。离开的前一天，他带走了他的单车。

少年依旧白色衬衫，依旧风驰电掣，依旧天蓝色的单车。只不过，这年，他小小的心扉装满了浅浅深深的情愫。

他卸掉陪伴了他好多年的金属筐，认认真真地装上了一个车座，还垫了一个软软绵绵的粉色坐垫。他还在车把前面装上了一个车篮，仔仔细细地用藤条装饰铺垫。年少时骄傲的羊角把也被他悄悄地用钳子扳直了。

从此，他的后座不再是那浸满了他汗味的棕黑色篮球，而有了真正的主人。一个有着灿然目光的女孩。

他的车篮不再空空如也，装满了女孩刚刚借来的图书，抑或是要送给她的便当。这天蓝色的单车，不知何时，变得那么温柔。女孩，书本，单车，成了少年最美的梦境。

再后来，天蓝色的单车掉漆了，像患了白癜风一般，斑斑驳驳。钢制骨架也开始锈迹斑斑。他望了望陪自己有过青春的单车，心里注满或酸或甜的回忆。她望着那个粉色的坐垫，突然泪水濡湿眼眶。他轻吻她的额头，答应她留下单车。

于是，他再一次修整单车。他把天蓝色的车子刷成了白色，又仔细地画满小鸽子的图画。他又将粉色的坐垫小心翼翼地摘下来，用竹条编了一个舒服的座椅，牢牢地扣在后座上。

大功告成，他擦擦额头的汗珠，笑吟吟地看着她，接过她怀里的男孩。

曾经少年的篮球不再，车篮里装满柴米油盐，蔬菜瓜果。曾经的风驰电掣不再，他变得谨慎、细心。曾经少年的欢歌不再，换成了浅唱的儿歌，柔柔地哄着后座上男孩睡觉。

男孩，柴米油盐，归家，成了他最重要的选择。

后来，车座上的男孩有了曾经男孩那样的单车，有了自己单车的故事。我们的这个少年呢，已是花白了头发。那被刷成白色的单车，再次被时光斑驳了，吱吱呀呀。曾经钢筋铁骨，如今却变得颤颤巍巍了。

他看着这年迈的单车，眼神里充满怜惜。他又望了一眼夕阳，微红的光芒散射在她的黑白照片上。他哀叹了一口气，走向她的照片。将照片小心地取下来，贴近胸口。默默地告诉她，下周的清明节，他带着所有的记忆来。

他又一次翻出所有的工具，拆掉了后座的竹椅，卸掉了轮子，所有的钢筋骨架全部拆掉重整。他弯腰劳作了好久，直到夕阳也黯淡了余光。站起身来，抹去脸上的污渍，他笑了，一辆小小的手推车组装了出来。

曾经的韶华不再。他已不再是曾经风驰电掣、青葱无忧的少年。这辆单车，陪伴他走过青春，踏过流年，辗转在时光斑驳的角落。

夕阳西下，孤寂的荒野里，一个年迈的身影，携一辆单薄的手推车，傍着一座矮矮的坟墓，诉说无尽的回忆。

你是否还记得，这天蓝色的单车，和那些时光里，我们有过的所有回忆？

Royal Observatory
Ranger's House
Greenwich Park
Fan Museum
Police Station
Greenwich Station
National Maritime Museum

抹去所有记忆
换一场你我重新相遇

已经不再写那些小女生气质、青春期味道浓郁的故作伤感惆怅的文章了。可是，那天早上排队买包子的时候，脑子里突然想起来这几个字来，总觉得像是在哪见过似的，或者是听谁说起来过。竟是拼命回想，任自己站在长长的队伍里发起呆来，直到包子铺的大叔嗷了一嗓子，喂，要哪一种？自己才恍然醒来。

哦，后来啊，我想起来了。是在一个暑假的时候，有人提起看一场电影吧，叫，《被偷走的那五年》。倒是心不在焉地听了这话，后来必然是没有去看的。我嫌名字太矫情，便觉得剧情会是烂俗。那天，在浏览学校网站的时候，很巧又看到这些字眼，便安安静静地打开看了个完整。

我依然还是喜欢白百何，那种把电影当人生来表现的人，就像是摘掉屏幕的封锁，她就活生生地在你面前生活着一样。

她说，我不明白为什么，睡一觉起来，整个世界都不一样了。我不明白，为什么仅仅是一夜之间，我就不再属于你了。

她是失忆了，丢掉了五年的记忆，一点点痕迹都没有留下来，只能记得这些人的名字，就算是容颜，也只是五年前的依稀记忆。可是，记忆完好的人，也不免是这样胆战心惊地存在着。我们永远说不清楚，下一秒，我们紧紧牵着的人是不是就挣脱了手掌，奔向一个截然相反的方向。

这些日子来，打开手机、Mac或者电视，都会毫无悬念地看到关于MH370的各项报道。滚动字幕也好，专题访谈也罢，反正是这个消息铺天盖地地来了，一遍遍地温习着这让人受伤的事件。我也常在想，如果，乘坐这趟航班的人里，我是其中一个，会怎么样，我身边的人又会怎么样。我们都知道，这个世界离开了谁都不会有任何变化，日出日落，自转公转，依旧残酷而冷漠地重复着。可是，这些难以承受得住的灾难，只有经历了的人才明白到底有多么难以言说的悲绝。真的只是一个瞬间，一个偶然，你整个世界都不一样了，那个你视作全世界的人，就不再触手可及。当约定好的重逢，失约的阴阳两隔，恐怕很难再想到比这更让人失望绝望的东西了。也许，只有在整个世界都翻天覆地的时候，我们才会意识到，曾经很小的细节都是那么的幸福，才会懂得，能安稳地相处该是上天赐予的多大的恩惠。可惜，为时已晚。

马航事件之后，很多在国外的同学纷纷在微信里转发一些关于航空公司安全系数的统计，一些空难应急机制。看到的时候，恍然想到当时出国的时候，老爹狠劲地叮嘱说，到了一定给信息来，别怕话费，跟信用卡绑定的，话费直接从卡上扣，放心吧。于是，从首都机场起飞的时候，我在起飞前给老爹打电话，那时候是凌晨一点。我说，马上起飞了，8 小时就到苏黎世了。他说，好，我还不困嘞，等下看看球赛，你起飞了就睡吧。到了一定来信。我说，8 小时呢，着急什么。我醒来的时候，窗子外已经朝霞漫天了，飞机已经在苏黎世上空了。落地开手机，老爹的短信已经提前蹦了出来。快到了吧，他说。我找个清净的地儿，把行李放下来，回电去，简短地说，到了。

当时自己只是觉得这是父母的关心，一种亲情的不能割舍分离的惯性，只是一种义务，一种必须要做的事情。就像例行公事一样，大家都约定俗成了。

我还记得，一次，老爹从上海飞厦门的时候，飞机晚点了，迟飞了一个小时。又赶上老爹手机没电，一时还找不到应急充电的地方，老妈到处打电话问不到老爹的消息。那一个下午，老妈就抱着电话打，最后终于在网上查到航班晚点的消息，也终于联络到老爹一个同行的同事，确认了事情。我大概是超级不能理解，认为老妈绝对是神经质。我说，不接就罢了，估计是有事情，你等等再打。老妈说，这都过了两个点了，就是飞泰国也该快到了。我当时倒是真不理解老妈这种狂打电话的行为的，说，是，又死不了，就别挂念了。

现在啊，突然就能理解了，也突然就庆幸起来。庆幸我们每一次都是安全起落，都是在分别了之后还能在约定好的时间再见面。也终于明白了为什么飞机到了机场，人们落地的第一个动作就是摸电话、打电话了。那沉默着航行的时间里，你的沉默，一直揪着他们的心。到了，就打电话给他们吧，你在飞行，他们在注视着。

这么说来，我还想起来一个插曲。在首都机场候机的时候，旁边座位坐下了一个黑人，他跟我攀谈起来，问我是在等着接朋友么。我说，不是，我在等飞机，我要去意大利。他眼睛亮亮的，说感谢我让他坐在这边，那边的座位都满掉了。我们聊了许久，他讲到他来自多哥，在陪女儿留学，女儿出国参加了夏令营，今天回来，他就在这，等着接机。说着，还从夹克的里子口袋里掏出一朵花苞硕大的鲜红的玫瑰来。我诧异地看着他，他笑着说，这是给女儿的礼物，欢迎她回来。我看着他一脸幸福的样子，说，真是个好父亲。我问他要等到几点，他说，3 点吧。我看了看表，晚上 11 点。我 1 点的飞机，便站起身来，和他告别。他笑着说，一路顺利哦，我女儿和你一样大呢。

后来，我不知道，他等到他女儿落地的时候是怎么激动地把花送给她的，也不知道，父女俩相见时候是怎样拥抱的场景。只是觉得，那种他不可抑制的满眼的兴奋和期待，我恐怕永远也忘不了。人生最幸福的事情，不过是，在分离之后，又阔别重逢那一刻的相拥而泣。

我想，我看过这些太幸福的场景，所以，我能明白，当我们已经准备好的拥抱，却再也抱不住自己期待已久的那个人，当我们漫长等待与牵挂之后，却换来一声叹息时候的撕心裂肺的绝望。人生最痛的事情不过是，老天把满心期待的事情，在你面前摔碎给你看。

我想，以后无论我去哪，无论我用什么方式走，哪怕只是步行，我都要在起点和终点的时候，回电给父母他们。哪怕我只是用一个词，哪怕只是3秒钟的短促，只要他们听到我的声音，就能够让一颗挂念的心放下，就能够让他们安然地睡去。

你在黑暗无边的夜里飞行，他们在遥远的时空里，彻夜难眠。你们隔着时差，却永远绑在一条血脉上，每一次生命的跃动，都是一个整体的共振。

为了醒来时我们的世界还是完好的，为了我们还属于彼此，我会好好地照顾自己，敬请安心。

她说，我是不是太强势了，太爱工作了，到最后，连你都不要我了。

我总能在这个女主的身上看到自己的影子。我们都知道回忆于我们是一座正在坍塌的城市，时光在不断地磨损着它们，我们不能停下来，停下来就会被淹没，我们无路可走，只能抹着眼泪不回头地向前走。以为向前走得越决绝就越能给你最好的幸福，可最后，感情在行走中伤了风，再也无法治愈，终于在下一个分岔路口分道扬镳。我们也最终明白，感情是用任何东西都无法等价标明的荒诞，哪怕一无所有，也配拥有最好的爱情。

他说，你不知道，那五年你是有多坏脾气，你是不知道你有多乖戾。我们之所以会再遇见，是因为你把那五年的记忆忘掉了。如果你把那五年我们是怎样折磨彼此的记忆找回来，你不会喜欢我，也不会像现在这样快乐。

可是啊，那些记忆我统统不要，能不能再等等我。就让一切都过去，就当作你从没认识过我，我们从今天第一次认识，重新来过好不好？用我的记忆抹去，换你我重新遇见好不好？其实，天涯海角不相认不可怕，那是彼此都有着一个心结，一个相忘于江湖的理由。可是，现在，一个人已经洗空了那些折磨的记忆，重新变成一个新鲜的人，没有仇恨，没有伤心，没有皱褶，重新站在你面前，我伸出手给你，能不能就接受我，重新告诉我你的名字，我们笑着说，很高兴认识你。

她说，我不记得我的银行账户密码了。

他说，试试生日或者纪念日。

她说，谢谢，记得了，是结婚纪念日。

就算我抹掉所有记忆，我还是能记得，我们生命嵌刻进彼此的那一日。我都还能记得，我爱你的最光荣的日子。电影到这个时候，我承认已经戳泪了。我相信人的记忆到底还是选择性忘记的，我们拼命努力去忘掉那些痛苦的记忆，又誓死去捍卫那些最美丽的瞬间。为了记忆，为了关于你的一切，宁愿以死亡为赌注，去捍卫，去摒弃。

电影到最后，很善良地给了一个 happy ending。

从此，我们也记住了一句话：有些人并不是在你的每一个重要的场合都必须在场，只要在你的每一个重要的时刻你都想起他们就好。

孤独骑士

无意中戳开了迅雷推荐的电影，玛德2号。一个小男孩说，他们叫我小虎，但是，我并不觉得，我给自己起名字叫作孤独骑士，因为嘛，孤独骑士只拥有孤独，他的孤独有多强大，骑士就有多强大。请你们叫我孤独骑士。

福尔摩斯说，Alone is what i have。Alone protects me.

已经很久没有感觉到一种很奇怪的感觉了，但是这并不是意味着奇怪的东西彻底销声匿迹，它还在，只是在一个黑暗深邃的角落里默默隐藏着。偶尔，一个刹那的际遇，便蹦出来，撕咬着本来完好的心脏。那天晚上在被窝里辗转反侧，突然就想到了《百年孤独》。我曾说过，所有人都有着《百年孤独》那样凛冽刺骨的孤独，看似热闹错综复杂的剧情和生活，但最后却还终究是一个人的落寞。那些在人声鼎沸的喧嚣里信誓旦旦的人，究竟还是像退潮一样从生命的海滩上退去，连痕迹都没有。这终究是一个人的生活，一个人的世界，做自己认为对的就好，寂静地活过这一遭，所有的欢喜悲哀都无关他人，也不必与他人分享。所有应该的不应该的，所有的委屈压抑，所有的欢乐幸福，终归统统属于自己。像坐一趟慢车，看进眼睛的风景，只属于自己。这并不是绝望，却是真实的存在方式。而学会了孤独的人，才能在繁华来临的时候依旧守住自己的一份素心，在喧嚣的尘世里，坐怀不乱。

曾经以为青春是一种永远也不会蜕变的温床，但是，却终究还是发现，这种躲在温床里的逃避也是默默生长着的。以前的难过往往要持续很久才能慢慢想明白，而现在，往往只需要一首歌的时间，就平息掉了。它们学会了躲进更深的地方，以至于让自己忘记了还存在着。以前的爱哭鬼现在早就没有了眼泪。一边成长一边领悟，说白了，就是在行走的过程中丢掉自己最累赘的东西，一路丢弃，一路行走，为的是走得更远，遇见更好的东西，然后捡起来，收藏起来。于是，我们就这样一路丢弃着我们的软弱、畏惧、不甘寂寞，最终用一个坚硬的硬壳换来一袋足够优秀的东西。

我想，我是足够坚强的。可是有些忍无可忍和直戳敏感内心的事情，还是挤出了这一颗干燥心脏里仅存的水分。我总觉得是这样的一场生命，人永远站在拥挤的人海里，遭受来自四面八方、无孔不入的质疑，倘若，即使这样，你还能手脚并用地爬上公众瞩目的高台，用着波澜不惊的语调，用平实无华的努力，做着自己本初未忘的事情，陈述着被万人蔑视的梦想，那么，即使有人依然会向你投去不屑一顾，向你吐口水，但至少，你已经赢了自己的人生。可是，人本为自己而生，为自己而活，赢了自己的人生，何尝不是已得到了最高奖赏？你不可能做到让所有人都停止对自己的质疑，就像你永远做不出一道迎合全世界人胃口的菜肴。

我想，如果你仔细看，你会看到一个哭得一塌糊涂的少年红着眼睛走在路灯背后的阴影里。如果，三次手术都没让她掉下一滴眼泪，分离决绝都没有换她一句后悔，绝望失败都没让她蹲下来哭泣，那么，这次她一定只是想哭了。往往你想去做一件事的时候，才会那么情绪失控得近乎疯狂。一切客观因素都以内因为基础，这一点都不错。少年从不怕被灵魂和梦想鞭笞，但却怕骄傲的秘密被撕开。《朗读者》里，汉娜问德国军队，为了守住秘密，你会走多远？答案是，汉娜用生命的力量，无法守护自己是个文盲的残忍秘密。每个人心里，都有一个骄傲决绝愿意用生命去守护的秘密，你可以，戳开他所有的地方，但是，别去动他们的秘密，这是他们的生命。

快乐永远都是那么不真实。

人生是一片沙漠。快乐时一阵雨水。每一阵雨水过去，你总会看到新的景色，你会认为这是世界上最好的人生，是最好看的风景。却不知道，这降落在沙漠上的雨水，从来都是虚空，都是捕风，你所在雨水过后看到的一切美景，都不过是一片海市蜃楼罢了。你所有的快乐，都不过只是人生这场沙漠里架空的不真实的存在。

没有人，真正的快乐过。

庆幸的是，还好有人和我的情绪在一个频率上，而且做着同样的事情。

红豆

好不容易熬到了周五，这个可以让我睡懒觉不怕迟到的幸福时刻。整个身体里所有的细胞都散发着亢奋的节奏，心情大好。于是，把联合国的文件资料搜集一遍之后，又开始打开文档，来安静地码字。由于重新装了系统的音乐盒，里面只剩下了初中时候最喜欢的几首歌曲，其他的全部格式化了，所以，现在听着过去的歌，颇是觉得嫩了几分的。

昨天还在咖啡馆熬到晚上十点，和搭档绞尽脑汁地写文件，早上又红着眼睛，跑去上鹏鹏的精读课，不敢睡觉，就努力地用笔尖扎着笔记本，结果，还是太困把本子戳出来好多小洞。课间休息的时候，依旧是班里睡倒一大片，这样熟悉的场景，让我不禁感觉到自己仿佛还在那个夏天，在那么多熟悉的人之中。拖着厚厚的衣服和皱褶满满的帆布鞋，走在秋天冷飕飕的风里的时候，观望着四周穿着短裙和薄外套的女生，又看看自己，笑自己永远褪不去的屌丝气质。

有人说过，最舒服的鞋子往往是褶皱最多的那一双，最爱你的那个人往往是能陪你走过最多泥泞的那一个。

所以，我想，能带我走向最远的不是我柜子里那光鲜美丽的高跟鞋而是这脏兮兮的旧鞋子。因为它舒服，所以走到哪都有它，所以越来越旧，因为越来越旧，越来越熟悉，所以也不怕雨水泥水弄坏，弄脏，因此，越来越舒适越舒心。爱情岂不也是这样，关键不在于它有多光鲜，关键的是最让你舒服。太过光鲜，若是不舒适，难免是迁就拖累了自己，一味地怕外界弄脏了它，又怕别人偷走了它，心思倒偏离了关注自己是否走着舒服这一本质。这样的鞋子，迟早自己还是会叹息着丢进柜子的。

都说，因为懂得，所以慈悲。其实不然，经历了越多，才会越慈悲。因为曾经也是像他们那样站在街头发传单，因别人不屑一顾的匆忙走过而心酸过，烦恼过，所以，才会在每次收到广告纸的时候，不管多么手忙脚乱，多么着急，都要停下来，腾出手接过来，笑着说声谢谢，好的，再继续走。因为曾经也为写策划写不好被上级臭骂过，所以，在面对不会写策划的同学的时候都会慢慢地、细心地提出可行的建议。因为也曾经历过那种被病痛折磨却无力回天的悲哀，所以，在看到那些瘦弱的身躯同疾病斗争，努力的活下去的时候，张开怀抱紧紧地拥抱他们。因为曾经也目睹了命悬一线却难以筹钱治病的情景，所以，在同样场景再次出现的时候，才会比任何人都积极地伸出手，尽力地去帮助他们。因为你们现在的场景和我曾经经历的场景何其的相似，所以，才那么深刻，真切地懂得了慈悲的含义。

经历过的事情越多，一个人的心态便慢慢缓和下来，也渐渐懂得了慈悲和理解。也退去了当初毫无经验时对世界天马行空的幻想和自我主义，这便是成熟。这种平静和圆润的心态，并不是年少时我们所厌恶的世故风尘，而是终于学会了用悲悯仁慈的全局观去看世界的真正的心理成熟。

沿路走回，不断听到有人小声谈论着保研和学生会办公室加学分以及行政保研的事，还隐隐约约听到，有人为几个学分争执不休，无奈地加入，不想不情愿地活动组织。我夹杂在这些焦躁不安的空气里，回头看看走过的路，一片迷茫。我从没想过今天之后的事，似乎我对我未来都没有过问过。不是我不去计划，而是我不知道怎么去计划一个随时都在变化的变量。生活不是数学题，我可以以现在为坐标系，建立一个关于未来的函数模型，我更不可能设未来为变量δt，然后列出函数解析式。这不可能，因为，现在和未来虽有关系，但有时候却真的不是一一映射的关系，你没办法去衡量。而且，我从来不是个功利的人，我活着只为一份简单的心灵愉悦和思想富足而已。我不可能为了一个功利的目的，去逼自己做我根本不会做、也不愿学会去做的事。我还年轻，我不想在身体还没衰老之前，就把思想带上世俗功利的枷锁，失去了该有的年轻。人们总是用不同的活着的方式，有些人就是为斗活出乐趣的，与人斗，与天斗，斗来斗去其乐无穷。还有些人，淡泊清雅，与世无争，好像整个世界的纷扰完全与他无关。

我想我大概是不愿去争的人，爱来的来，该走的走，简单的自持就足够了。不去对未来过分关注的一个原因还需归结于未来不可定义不可预知。有时候自己煞费苦心地计划好了将来，却意想不到地遇到了措手不及的事件，让所有的计划灰飞烟灭。我害怕这样的仓皇和失望，所以就活在当下，任未来随意变换形状，自己随时做好应对所有突发情况的准备。有时候，什么都不准备，即是最好的准备。因为人都会有先入为主的思想，有了旧的计划，就往往很难在新的问题面前再肆无忌惮地发散思维，往往就会落得满心的纠结和十万个不情愿。

前天，那个少年打电话给我，讲着些无关紧要的事。寒暄了半天，便谈及过去来。他说，我在以前从来没想到过，我们有一天会这样谈笑风生，也没想到我们还会这样寒暄。我说，那你当时以为现在我们会怎么样呢。他说，我以为，我们会老死不相往来呢。我笑道，做那样决绝的思想准备未必是太早了，可惜了你那时候的煞费苦心啊。

话题又岔开，少年谈到自己的前途去了。问我未来怎么打算，出国么。我笑了，说，何必活在当下为未来费心，到了未来就自然知道了。半晌，少年好似担忧地问，不准备，未来不会措手不及么。我说，现在打算才会导致措手不及。半天的沉默，少年嫌弃地说，没有上进心的人。

是啊，我对未来的要求不高。我只要清澈的满足就好了。财富，刚刚够花就好了。房子，刚刚好足够两个人住宿饮食就好。爱情，心照不宣、不咸不淡就好，书一定要足够多，思想的鲜活一定要永远保鲜才好，单纯固执的善良，丢不掉才好，正义敏锐的眼光，永远不暗淡才好。做什么具体的工作，没想过，做什么都好吧，善良地工作着，勤奋地努力着就好了吧。不一定每个人都会是脑力劳动者，也不可能每个人都衣着光鲜出入在纤尘不染的办公楼。什么事，刚刚好就好了，太苛求反而难以收到应有的结果。

前些天，去图书馆想去借秋瑾的诗选，翻遍全楼，居然没找到。想必应该是有和我爱好相同的陌生人借去了吧。便随手抽了几本早就看过的鲁迅的杂文去看。在我生命中，深爱着四个女性，一个叫陈平，一个叫爱玲，一个叫秋瑾，一个呢，唤作龙先生。这四个人恰好代表着我的四种人生追求，三毛的随性洒脱，爱玲的耿直忠诚，秋瑾的勇敢刚烈，龙应台的犀利正义。想必是，在这一生中，兜兜转转，将四个人的性格融为一个整体，成为我活下去的追求和模板，这必是极好的了。

又是码字到深夜，不尽然地想到原来自己固执得在深夜才肯写作。现在，难以再有这样的奢侈。趁子时还未过去，赶紧收拾情绪，就寝罢了。

最后。

红豆生南国，春来发几枝？愿君多采撷，此物最相思。

You're not around and I'm a complete disaster

总是嚎头似的喊着努力，却终究在原地的泥淖里挣扎着哭泣。我们总以为是坚不可摧的梦想，却在没有能持续的坚持里渐渐失去了稳固，最终灰飞烟灭。而那些所有我们想要到达的地方和想要完成的目的，都不过是自己最高情感的表达，而你所成为的，所在做的事情也无非是为了生命一场，情绪的宣泄和表达。

想去写一场无穷无尽的书信，在信纸的两端，记录两场不同的生活。想有一支永远都珍藏的钢笔，在点墨与文书之间，磨损一场风花雪月的记载。想此生换作沉默不语的作者，在寂静的世界里表述喧嚣的故事。一个人一生总是只有那么多的话，那么多的文字的，写的出来多了，便会变得木讷不语了，若是讲得太久，又会是变得提笔难书的尴尬。

去听过音乐会，看过画展，去阅读，去书写，而所有的无论是音乐者、画者、作者，其创作的目的都是为了灵魂找一慰藉，得到安抚。他们都是上帝遗忘的人，在最落寞的角落里寂静地孤芳自赏。不知道未来的自己读到现在自己的文字是不是还能想到当初这个时候自己的情绪。

睡不着的时候仔细地看随机播放的音乐的歌词，总是很多次都戳中心里。

以前总以为只有诗人的一句“玲珑骰子安红豆，入骨相思知不知”是一种千古绝唱一样的对思念的经典诠释，每次读来都是一种透彻心扉的感动。到底如何将一种最惆怅最不忍说破的想念告诉你，便只能将一枚红豆安进玲珑骰子，信物给你，怕你拆穿，又担心你不解风情。

诗人挖空心思的含蓄表达，在转弯抹角的隔雾看花里，似有似无地传递一场是爱是恨或是思念的情绪，这无非安全，懂的人便是适合的人，不懂的人，也便是博得一笑也就见罢。这大概是属于诗人的情愫。是孤独的，可怜的，少数人的专有。

音乐呵，用歌词写诗的人啊。不孤独，却是热闹而多数人喜欢的。

无论是西城的，I would rather die than live without you. 还是绿日的，You’re not around and I’m a complete disaster. 到底都是在用一种音乐里的赋比兴，传达像诗人一样但并不含蓄，相反却是热烈、淋漓尽致的爱的箴言。我们不见得非得辨出哪种表达更好，更不必去以一种去批判另一种，我们需要的，仅仅是去接受，接受歌者抑或是诗人的情愫。

如你不在，便是生命的一场劫难，若你离去，便从此死也无谓。这虽是炙热而坦率的表达，却也是另一种催人泪下的壮志凌云。

每一首诗都是日日夜夜的心酸，正如每一首歌都很艰难。为了人世间更丰富的情愫表达，诗人和歌者都是不容易的辛劳。

因此，每一首诗都值得被纪念，正如每一首歌都值得被看重一样。

在你看不到的地方，你不知道为了情愫的宣泄，诗人怎样地废寝忘食、精益求精，你更不知道，写歌人又是怎样的彻夜难眠。

像每一种生命都值得被尊敬，我们的世界，值得去珍惜。

玲珑骰子安红豆，入骨相思知不知。

幸福慢递

那天去淘宝买本IELTS书，卖家问，亲，要平邮还是要EMS？我说，当然EMS，着急用呢。然后成交，关掉淘宝。突然迷惑起来，这时代里，还有什么能“平邮”的，能慢慢地似飞鸿传书般地慢慢盼来？似乎现实里的一切都带上了非常大的加速度，急速地旋转着，急速地奔跑着。吃饭要快餐，读书要精简本，知识要“快餐”充电，考试有速成班，有事了就电话、邮件、微信联系，似乎再也没有闲庭信步走在当下。所有都贴上了“加急”的标签，尽管，有时候，我们不是真的着急。

IPHONE5上市了，IPAD即时消息链接，微信接收离线消息，语音留言，各种现代科技把社会充斥着无线电、wifi和金属的味道。似乎我们再也没有理由找不到一个人或者说，一个人想不留痕迹不被找到地消失几乎是不可能了。当墨绿色的邮车驶过去的时候，还能激荡起我们内心里的波澜么？那在熏黄的灯光下，认真写好信件，再仔仔细细地封缄，贴上邮票，端端正正填好邮编的场景，早已不复存在了吧。我们总是需要速度的，而这信件太慢。

高速的时代让低速的物质渐渐销声匿迹，最终偏于一隅地锁在遗忘的寂寞里。可是，扪心自问，我们需要的，都是越快越好么？我们需要的幸福呢？

时常，觉得自己是渐渐与高速的时代脱节了，乘坐一趟比一趟快的动车，却又狠狠怀念起那时候一站一停，优哉游哉，唱着歌的绿皮火车来。短信的蜂鸣刺破安静的时候，又幻想起从生锈的旧邮箱里掏出一封崭新的信件时的激动。其实，幸福真的与速度无关。有时候，我们就是需要一种时间差去让幸福在路上慢慢沉淀，那么，到最后，寄回到手里的幸福才不至于是单薄的天际烟火。

一直甚是喜欢书信的。

为一句话措辞良久，静静地写下沉甸甸的情愫，抑或是忧伤。那个时刻是神圣的，是最美妙的。搁浅在信纸上的句子，没有面对面时的尴尬害羞，也少了双方都沉默的冷场，更没有针锋相对时的咄咄逼人。所有的话，一旦写下来，就变得温润了，好像就成了个最温柔的女子，只是低声细语。所以，就算是在最落寞阴郁的心情里，爱玲和胡兰成的书信里也还是细腻悱恻的，连争执和生气都低声细语的。因此，我们看到的，就连爱玲和胡兰成的绝交信里，也只是这么写着，“兰成，我现在自是无心再写长信的。你的书我会看，这信此后不会再回了，所以，也不必再寄来了。”信里，没有针锋相对，而是平心静气地说完。在信里，连绝交都做得那么平静。

信件装进信封，深深地舒一口气，看着扁扁的信封渐渐丰满，即使安静也会脸颊微红。小心翼翼地贴好邮票，从此，邮票背后有了专属的指纹，这大概是比任何一个邮戳都珍贵的记号。一笔一划地写好收信人的名字，我想，这大概是最认真的时候，比信件里的任何一个字都认真工整，因为会担心邮递员看不明白，会担心收信人拿不到信。悄悄的，绯红又染满脸颊。

也许，絮絮叨叨地写下的事情无关紧要，也许，写了那么多的文字，只需要一分钟的电话，一个微信，一个光速般的邮件就可以完成，可，无论它们有多快，都无法代替你写信时候的心跳。

等待回信的日子是迫切而美丽的，似乎那可以成为一个人每天睁开眼睛的勇气和精力充沛一整天的理由。这个时间差是让幸福在路上成长的时间，是让两颗心渐渐走近最后在一封信里融为一体的过程。没有距离的欣赏只会有一片可怜的局限，没有时差的幸福也终会是一种矫情的庸俗。走在时间差里，也许信到了，信里的事情已经近乎过期，但，那也无所谓。寄信，终归不是为了让对方帮自己处理问题的，只是想让对方知道，我的任何小事情都希望有你的参与。

信的往来，总是伴随着时效性的消失，成为浅浅的故事，也正是这种特质，才让信件有了存贮情愫和珍藏的绵长。

我一直认为，信件是有生命的，它是对方灵魂的又一种载体。

终于听到邮差呼唤你的名字，把信搁到你手心的时候，你会突然觉得一切变得可爱起来。快步走向房间，闭上眼，深深呼吸信封上携带着的风尘的味道，心跳快几拍地撕开封缄，颤抖地抽出搁置得十分严谨的信纸。铺陈开褶皱，熟悉的字体跃然纸上。黑色的墨迹是可爱的精灵，时间久了，你便学会了读这字后的感情。每一个遒劲的转折，每一个潇洒的连笔，每一个深沉的顿笔和标点，都是对方隐含的暗号，渐渐地，这暗号的解码，就在你的心里扎了根。从字迹里，看得到，那人夜里书信时紧抿的嘴唇，看得到，写到情愫时含蓄的笑意，以及，触及当下的点墨忧伤。字迹像是一支画笔，在你脑海，素描一幅属于你的那人的画像。

你心潮难复地读完这信，摩挲这凸凹的信纸，在这一时刻，自己的灵魂是去了的，飞去了他那里，望得见那里的云起云落，嗅得到那里阳光明媚的慵懒，听得见那大海波涛起伏的歌唱……一切一切，仿佛超越了时空，用这纸做的跳板，飞跃到对方身边去了。

有人说，一张小小的邮票可以用一辈子。

既然幸福是个一辈子的事，又何必去追求此刻的速度呢？幸福就像是煎药，用文火才能长久地煎出真髓。不妨这次就来个幸福慢递，用平信的方式，像坐一趟绿皮火车，慢慢悠悠地一路行走，让幸福花开。

8

不妨这次就来个幸福慢递，用平信的方式，像坐一趟绿皮火车，慢慢悠悠地一路行走，让幸福花开。

风乍起

倒是终于看到了自习室偌大窗口外面满树繁花的样子。今天阳光好到无法形容，这大概也是在这个久不见得晴朗的城市里的一种莫大欣喜吧。爬上顶楼教室的时候，整个屋子空空荡荡的让人着实诧异，推开门，就只剩下满屋子的阳光和我。找个靠窗的位子坐下来，望着窗外夺目的阳光，暖暖地发会儿呆，这种满足只能够一个人私自拥有，也只能专属自己。好像记忆倒转到一年前，在那个我们还囚禁在高三铁窗里的时候，望着惨白的阳光发呆的时候，幻想里的大学的样子。美美的阳光下，一个人安静地写字，看书，偶尔目光涉及窗外，都是满眼的明朗和郁郁葱葱。倒是当时自己真的没有仔细想过会到哪里，会遇见谁，一直以来，支撑着走过去高中的，不是名牌大学，不是光宗耀祖的高分，而只是这样的一种生活，这种逃离铁窗，慢下脚步，认认真真度过一天的生活的样子。

当语法课老师说，下周要停课一节，他要去审核高考试卷的时候，我才恍然发觉，自己已经离开高考差不多一年了。如今他淡淡的一句话，却是千万学子正焦头烂额的奋斗的事情。又是一年高考命题时，当年每天和老师们一起奋力猜题，写模拟题，编模拟题的你们啊，在哪里呢。时间把我们甩向了光阴的彼岸，却留下了种种记忆在遥远。我们每次伸手触摸最初的自己的时候，以为触碰到了，却终究不过是遇见了自己深潜在河水里的影子。无限地接近，却永远无法触及，就好像是错落开的缘分，似乎某年某一刻，感觉两个人真的近得触手可及，命运却硬生生地给了缘分一次转弯，从此只可相望再无法言语。

不免就想起来，看过一部电影里，女生最后哭着说："你知不知道，我一直骄傲，一直骄傲地以为这种和你的触手可及可以不着急，可以信手拈来，可是这样一自信就是 14 年，整整 14 年，我都以为我是你世界的全部，而你也是我不可分割的一切。我以为，我们已经熟稔到心照不宣，以为就已经可以拥有了水到渠成的天造地设的爱情，现实却终究不是这样的。我终究要嫁给不是我最爱的人，终究目击了你徘徊过多少次感情路口，最终拥有所属。我以为的缘分，就这样在无限接近里，一步步地被拉远。"

不禁潸然。

我们都曾失去了什么，错过了什么，拥有了什么。那些真真正正懂得自己的，真真正正心照不宣的人，最终都成了我们背后的人，没有成为童话里该有的天造地设。这大概也是童话和现实的区别吧。差一步不好,多一秒不行,缘分就是这么严谨的东西,一个瑕疵的不吻合,就最终分崩离析,相距甚远。所以,我也只是,差一点点就遇见你,也只是,正好一点点就遇见了你。

那些丢在时光里的人,像试管里沉淀下来的物质,终究埋藏在最深的溶液里,不溶解,顽固地不分解。你可以说,我们只是差了一步,也可以说,我们整整差了一生的缘分,不管怎样说,此生难以得到的,难以遇见的,来生更不能得到和遇见。此生里,我们绝不轻易说再见,若是说了再见,就绝不再回首,所以,且行且珍惜。正如爱玲说,她是不会就这样说出分别的人,一旦说了分别,就此生里,都别再想看到她回头。

别了别了,那些过去。不曾到达的内心,我想,永远都不会再去接近了。

风乍起,楼下的玉兰花瓣,细细密密地掉下来,砸在泥土地上,又弹起来,最终安静下来。光的影子就在层层叠叠的枝叶花瓣里,织着金线,婆娑着,摇曳着。

这种安静自持,真的是曾经自己向往的。也是当初那个过得兵荒马乱的自己所不敢妄想的。试卷习题倒计时的狂轰滥炸,所有一切能用上励志的东西全部拿来为自己撑腰,明明已经精疲力竭,却还是下意识地被追着迈着步子奔跑。前天深夜,一个学弟发信息说:“前辈,真的撑不下去了,不想念书了。”我盯着屏幕呆了许久,真的不知道如何去回答他。虽然自己也曾深陷其中,但如今真的是再也想象不出那种切身的感觉了。

之前毕业的时候跟历史老师吃饭，她就问我，你还能记得当时备考的辛苦么。我说，这个真的记不真切了。她对我说，是啊，人都是个会选择忘记的人，那些疼痛的记忆，总是我们遗忘最快。

所以，每一个人，其实都是向往积极昂扬的。

是啊，你现在觉得痛的，也许50天后，几个月后，你就不再有感觉，所有的疮疤，都有愈合的一天。少年，至少你现在过得很单纯，你只是需要一个劲头地向前跑，你的累，只是机械上肉体上的辛苦，但是你的心却清澈如水，毫无杂质，没有负担。你大汗淋漓地跑向终点，就是最大的快乐。可是你知道么，其实，现实里，快乐真的不是这么容易，也许这样的简单的快乐，只有现在的你，才能有幸的体会到。那些歌颂高中时代的陈词滥调，我不想赘述，因为已经解析得够透彻，够感人肺腑。我想说的只是，在你该做什么事情的时间里，做好你的事情，才能得到你想要的也许短暂也许长久的快乐。

我很早就说过，考试这种事情带来的压力，是这世界上最简单最轻松最幸福的压力。你身处其中，只看到了这些的疲惫与厌恶，但我相信，无需我多说，当你有一天也跳出重围，你会明白的。

我知道，我要告诉你，我真的感谢高考，你会对我嗤之以鼻。但，尽管这样，我还是会给你讲。我感谢它。它并没有带给我如同所有老师说的能改变你一生的所向披靡的名校的学历，甚至说，它只带给了我一个普普通通的学历。但，这都不算什么。而它带给我的是一种淡定，深潜的安之若素的坚守。这种熠熠生辉的精神，是你一生都不可离弃的支柱，你需要它，至少在你的大学四年里。你从你的高考里学到的忍得住喧嚣，认真踏实，终究会让你在缤纷多彩，良莠不齐，喧嚣不堪的大学里成为一个气度非凡的人。让你在人群中，无需言语就能脱颖而出。我给你讲起这些，还是很空洞苍白，但，我只是希望你，真的希望你，在每一次坚持不了的日子里，都停下来，去想一想，这种坚持背后能带给你的更深层次的意义。就像是，当你透过三棱镜看见了阳光里的七彩，就会恍然领悟到，生活其实还是那么值得你去坚持，去感受，去爱。

你偶尔跟我提起，到大学里一定要轰轰烈烈地去爱。我只是想问，少年，什么是轰轰烈烈呢，是在拥挤的人群中紧紧地拥抱对方，是在最高的天台大声地呼唤我爱你，还是千万支玫瑰簇拥，暧昧的烛光下的海誓山盟？好像，感情离开了热热闹闹地宣布于全世界，就不能存在了一样。这些事情，着实浪漫，可是，烛火易冷，花朵易凋，我们所期望的轰轰烈烈也不过只是一阵子的噱头和荷尔蒙刺激罢了。就像是一列火车轰轰隆隆地从心口轧过去，到最后不过只是留下了一阵寂静的回声。我们的爱情，不能只活在一次次热情冲击之后的回忆和陶醉里。

你锁在兵荒马乱的铁窗里，幻想着最美好的爱情，无可厚非。我也只是真的希望你，你能拥有一场在校园里的简朴但昂贵的爱情。你爱着那个人的灵魂，像是你们彼此都脱离了肉体，灵魂在融合，在一天天地不可分割。就像是，阳光里，你们坐在大树下，安安静静地看一整个下午的书，甚至不多言语，但灵魂的拥抱却从未停止。

少年少年，我站在我的现在，看着你如曾经的我，踮着脚张望我的现在，颇是感慨。其实，我羡慕你。羡慕你还热血澎湃地向往着一切一切，似乎什么都不害怕，似乎可以拥抱着自信走天下。少年，你可以谓之。而我，我们，再也回不去少年的称号。

风乍起，吹皱一池春水。

此刻，夜幕已沉，也是我仓皇而逃离教室的时候了。

你不知道的事

都说，习惯了行走的人，留给世界的永远是他的背影。

于是，他们走了，头都没有回。

你站在背后，心凉半截，濡湿的泪眼中，抱怨这人是何等的不近人情，何等的冷漠，不值得。可是，是不是有人该去想想，当他背过脸，让行李甩上肩头，潇洒地不回头地向你挥手告别的时候，他的表情是不是突然就扭曲了，眼泪是不是就挣扎地要掉下来。

不过是一站送别的路，不过是没有久别之后的探望，一切不过如此的见面，我都知道，这都是我生命中与他们相见次数的减法。我见到他们的时候，总是一脸的无所谓，道一声，哎，来了啊，这么麻烦干吗。去逛街，看着这看着那，他们总唠叨着说，买上这个吧，你会用上的。我又道，干吗，还嫌我东西少啊，我那边有卖啊。背一包东西回屋子的时候，他们来接，我着急地说，你们拿了也进不了门的，还不及我快呢。他们挥手道别，我总是头都不回地，轻描淡写地敷衍道，走吧走吧，不必担心我。

我的世界里，华丽的辞藻从来不匮乏，我的文字里，刻骨铭心的语句从来不稀缺。但是，面对这两个人的时候，我的语句永远是苍白冷淡而单调的。似乎，永远都是拒绝，排斥，不耐烦。仿佛，这个世界上，这两个人是对我来说，最好打理的人，我转身，就可以毫无挂念地开始我的欢乐自由的生活，我回头，就可以看到他们还在为我掌一盏灯，抚平我折翼的梦。就好像，我的世界里，所有人都可能随时抽身而去，而他们永远都不可能移动一步。我不知道，是谁赋予了我们对于他们永远不可能离开的信任，也不知道，是谁赋予了我们为别人的离去耿耿于怀，而肆意挥霍他们的关心的权利。

走了那么久的路，我从没觉得给谁打一个电话会那么难以措辞，难以张口，那么不知所措，不知说什么。就在我坐在电脑面前码字之前，我刚经历了这不知所措的状态。我捧着手机不知道怎么说出第一句关于我想说的话，就两句话吧，我告诉自己。现实是，在我拨通电话之后，我所有预备好的情愫又全部恢复原状，还是满不在乎的语气，还是一样快的语速。

“哎妈，明天几点走？”

“哦，走时候说一声，小心驾驶。”

“哦，没事，我就睡觉了。”

183

嘟嘟的断线声响起来的时候，屏幕的通话时间记录停在37秒。盯着屏幕的数字，不禁感叹，37秒，能干什么呢，能给谁打一通电话，把自己想说的话说清楚呢？给闺密打电话，往往煲电话粥煲个昏天黑地，给男朋友打电话，往往移动电源换好几个，给上级或者老师打电话，往往小心谨慎，一字一句地慢慢地仔细地说半天。再没有哪一通电话能打得这样心照不宣，这样随心所欲，这样简洁明了还不会担心对方是否明白了自己的意思，或者是否因为自己过于冷淡而伤心。所有的事情，我们都理所当然地用“他们就是我爸妈啊”这样的理由解释着，似乎天经地义，似乎贴切合适。

我从来都是胆怯面对分别的，也是最不怕面对分别的。因为，我总是会首先给离别的场景一个自己的背影，做那个第一个转身的人。所以，每次都是，我接过行李，头都不回地向前走，扬着手臂努力地向后挥舞，那种毅然决然又凛冽的姿态。可是，当转过身去，自己就已经溃不成军了，连手指都是颤抖的，执意要大步地走开，是怕站着双腿会战抖，被人看穿那一场我的可怜。

可是，这次分别的时候，我甩上行李的时候，被身边的人撞了一下，不小心就停下了脚步。一个回头，就看到他们站在原地。他们前后错落地站着，黑夜无光，把他们的影子都淹没，留下地面黑魆魆的两抹人形。可怪是黑夜模糊，让面容身形的棱角模糊，可怪是我着急转身，没有仔细分辨。两抹人形已经略显臃肿，低矮了。忙转过身去，黑夜也识趣地淹没了我濡湿的眼眶。我什么都没有再说的，快步走进人群。

早就习惯了把自己弄成刀枪不入的女子，早就学会了在上一秒还哭着，转过身就继续面带笑容地讨论话题，早就知道要活着，就应该把自己塑造成一个可以适应这个社会的人，不矫情，不软弱，不妄想。可是呢，我总以为发生再大的事都可以睡得安稳的夜晚，都再也没有了原来在他们怀抱中安然入睡的安全和放心。岁月让我换上新的面容，逐渐成为一个我想要成为的长大了的人，却把他们变成了像孩子一样需要关心、关注和爱护的人。时光的倒转，偷换了彼此的年华，我们用他们最好的年华换自己最成功的岁月，却再难用自己最富有的时光赎回他们最好的年华。这永远是不对等的付出与交易，但却一直这样进行着，心甘情愿地进行着。

我时常会想，我正在努力着，一心想着自己的梦想，努力地离他们越来越远，努力地与他们分离，而且是，越远越好。出国，或者远走他乡。他们就这样，不言不语，笑着说，走吧，支持你呢。这世界，能有多少人在你努力离开他们的时候，毫无保留地说，我支持你。爱情也好，友情也罢，爱上了，就不再舍得放手，就一心想着抱紧，永不分离。而，唯有这种爱，甘心独守一个人的寂寞，踽踽独行半生，换你自由无忧的翱翔。

后来，我跟朋友打电话，讲到这个事，他告诉我，他以前也是这样，不知如何是好，但是，他做出一个决定，以后每次给他们打电话，都要在末尾，加上一句，妈，我爱你。他说，开始还稍显肉麻，但是，人生就是一场永恒的减法，有些事你不去做，可能永远都不再来得及。最后，他反问我，他说，我是男生这么做还是稍显肉麻，你们女生岂不是会更容易很多？

我只是沉默，我在想。我是多么容易就可以写下一篇感人肺腑的文章，或者写下一个柔情寸断的爱情悲喜剧。在文字游戏的世界里，自己的表白那么大胆，理所当然，可是，面对他们，却干涩扭捏，难以说出一个字。我是多么自然地在爱的人面前说，我爱你，却难以在他们面前给予一个拥抱和勇敢的回头凝望。多么卑鄙的我。

龙应台说过那样一段话，我背得熟悉。她说，所谓父女母子一场，只不过意味着，你和他的缘分就是今生今世不断地在目送他的背影渐行渐远。你站在小路这一端，看着他们逐渐消失在小路转弯的地方，而且他用背影默默地告诉你，不用追。

此生，我想，能永远站在原地，永远目送你并且笑而不语的人们，可能，也许，一定就只有他们了。

没有什么比这更好了

提笔写字的时候，我都已经是不会写文章的时候了。转眼看我上一篇文章，是6月9号，正是高考完的时候，那时候还是个对如今生活充满期待和美好希望的人，而现在，早就对这种生活没了幻想。不过是面对现实，跌打滚爬地活着罢了。

刚刚忙着写思修课老师的作业，论大学生与非大学生的区别，这么狗血的论文，我都能扯出那么多文字，真佩服我的文字功底。不过，话虽说这么难听，但静下来，我深刻地体会到的是，上大学之前，我们懂得了学习有多艰难，上大学之后，我们明白了其实生活才是多么千辛万苦，并且终于知道了，学习带给一个人的压力，是全世界最幸福最轻松的。所以当我遇见了一个正在为高考而焦虑的孩子的时候，我这样告诉他。只是，他看我的表情带着鄙夷，这个，我能理解，因为，那个时候的我，也根本听不进去这样的话，和现在的他一样。不过，当你终于来到时过境迁之后的现在，你就会明白，我说的，句句属实，没有骗你。

知道么，高考是，只要你想、只要你努力就可以得到很好结果，如愿以偿的等式，而生活中，能有多少这样的等式呢？有多少事是只要你努力、你想要就可以顺理成章的？现实永远是个不等式，我们所谓的公平，不过是让它无限接近于相等罢了。有时候，太多太多的身不由己和无奈，让你没有去努力的机会，让你明白并不是那么单纯的只要努力就可以如愿以偿。你看，这种压力，向谁说呢。

前些天，同学聚会的时候，有同学问道，大学好玩么。我想了想，说，不好玩。她忙去追问为什么，我却半天不知道怎么说。是啊，这里的生活和已经过去的日子没什么区别，还是那种样子的孤独，甚至和高中相似的奋斗，照样交作业，挣学分，为了奇葩的题目绞尽脑汁。说真的，我真的没有觉得这里有什么与众不同。你看，其实生活本身就是不会变的，会变化的一直都是人的想法和心情。你以为这里很好，它就很好，你觉得无聊，这便就是乏味 。没有什么好的。你大可不必把所有的期望孤注在未来的生活里，因为，它们或许就是那么回事，太多的期望只会美化现实的面貌，让你难以接受现实的素颜。

可是，这一切就这样了么。没有什么好的，其实，仔细想想，没什么比这更好了。我时常会一个人想，然后感激万分。

我在一个离家不远的城市上学，避免了每年春节恼人的春运。

我学着我挺喜欢而且于我来说很轻松的专业，避开了焦头烂额的数学。

我走在一个还算不错的校园里，回头就能看到老乡，一点不寂寞。

我能和我喜欢的人在一个学校，过着同样节奏的生活。

我在这里，和我最亲爱的闺密在一起，难过的时候我还能躲进她的怀抱。

我有着和谐的寝室和室友，我爱她们。我们可以一起吃饭，洗澡，上课，犯二。

我忙着我喜欢的社团，每一天都遇见惊喜。

我在这里，我生活着，还有什么能比这些还好？

没有永远的灾难，没有永远的好不了。我想，所有自认为的好不了，都是自己对自己能力的不信任和对事情的过度高估。其实，现实不可怕，自己并没有想象中的那么弱。我们走了这么久，也终于是时候长大了。

有时候，有些人的离开，并不像认为的那样，没有什么好的，其实，往往可以是，没什么比这更好了。时间让一个人脸上的粉脂涤荡殆尽，露出最真实的面目。也许这时候，你会觉得你面前的这个人，那么触目惊心的可怕，但是，这就是他的本来样子，你应该庆幸，在以身相许之前，你有幸瞻仰到这种真实。所以，千万别害怕时光啊，它让你成长，帮你看清楚一个人，带你完成梦想，这时间在走，没有什么比这更好了，不是么？

这些天看完了一本，张小娴的书。书名叫，《谢谢你离开我》。初看这书名，脑海里就浮现出一个画面，女孩子含泪笑着，站在风里，目光锁着远方化不开的浓雾。你离开，我亦是不留的，不是薄情，而是我把最深情的告别藏进我的目光里。在最远的最远的后面，看你终于快乐地奔跑起来，才肯收了目光，因为，你知道，我是个不强求的人，该来的会来，你走，我寂然相送。有很多时候，这种伤疤，像一个鞭子，在每一个踌躇的时候，鞭策我们赶快逃离这个自我思想的折磨。于是，我们闭着眼睛向前奔跑，把当初分与这个人的热情全部化成奔跑的力量，就这样不知道跑了多久。直到有一天，自己停下来的时候，才会发现，原来自己早就把他抛在了脑后，而自己也终于到达，那个自己曾经以为遥不可及的地方。这次，我们终于到达，但我不希望是悲伤，而是，我一个人完成我们的梦想时候的骄傲。当然，我们会想到，曾经是为了逃避无孔不入的他的记忆才奔跑的，而这些，显然，没什么比这更好了，忘了一个人，也终于成为了自己最想要成为的人。告别，没什么不好。

我时常去想，到底，我想要的是一种什么样的生活。

饭疏食，曲肱，饮水。当然，我羡慕这样简单的生活。这种理想主义的生活目标虽然诱人，但却毫无追求的意义。如若只为饮水饱腹而活，生命的意义完全是打折的。活着，并不是非有奋斗的结果，但必须有奋斗的脚印，跌打滚爬，惊心动魄走来的人生，才值得讲述。无论这生命里，你是否和爱着的人在一起，都要去爱过，活过，才不枉这啼哭之后的生命。

我想过很多桥段，关于如何遇见你。我删改了剧本，关于怎样在一起。但现实总比我更会写好文章。

走过千山万水，踏过崎岖泥泞，让我们在兜兜转转的经历里，一次次地弄丢彼此，再一次次地找到彼此。最后，你来到巴黎的香榭丽舍大街，在林荫下仰望埃菲尔铁塔。我从铁塔下走向林荫遮盖的街道，心照不宣地说，好久不见。如若见你两手空空，再多我一只手又何妨，如若遇你捧着满满的幸福，多我这一句祝福又如何。

我不知道，这是时隔多久之后的半夜写文章。多是词不达意和语无伦次。可是，再体验一次这种孤独的写作，又何妨呢，没有什么比这更好了，不是么。

没有什么会永垂不朽

突然想到这个名字是因为最近老在哼王菲的歌,《红豆》里的一段歌词。记得前几天音乐播放器死机,重整时,把这首歌删掉了。后来,突然想起它是在历史课晚自习上,老师讲毛泽东思想的时候,脑子里突然蹦出来的几个词。

距那几天去竞赛的日子也有一些时间了,其实,挺怀念那几天偷懒的日子。

早上 7:30 起床,打开电视看新闻,然后在天气预报的声音里去洗漱,然后下楼吃早餐,回来关掉电视,窝在宾馆的小桌子边写稿子,翻英语书,对着镜子练口语,然后跟秋闹腾一阵子,再一起去吃午饭。那几天,日子好似一种恬静的小妇人般的生活。买一些水果,在房间里洗洗,切成小块,两个人分享。然后一起躺在被窝里看动画。一起笑,一起闹腾。

初到地方的时候，秋说我是个活地图，拥有超强大的GPS定位系统思维。其实，最初自己并不是如此的一个人，只是，一点点锻炼出来的而已，在走丢了多次之后，在离开了一些东西之后，渐渐形成了一种精确的方向感。

那天考完笔试，从逸夫科技馆报告厅出来的时候，夕阳摇摇欲坠，天际一片撕裂的残红。树叶哗哗啦啦地砸下来，在脚下发出咔嚓咔嚓的破碎声。那天正是周五，我看着同学们从启智楼里拥出来，笑颜映射夕阳的美好。我和秋默默地走，穿过香樟树林，走过灌木丛，踩过梧桐树叶铺满的小径，一路沉默。我知道我在想什么，但只是很安静地想，内心一片平和。冗长的沉默，只有如同心跳般的篮球掷地的声音传入心房。毕竟，有多少习惯可以在瞬间忘记么？我需要时间。

“晚上出来遛弯吧……”

“嗯，好，一定。要不然憋死了。”

“嗯……”

然后，秋拉我跑，然后一种生理盐水就从眼眶里溢出来，砸在秋天的风里……

毕竟我习惯了，也习惯过。

说服老师晚上出去遛弯实在不容易，我俩像胜利者一样，得到批准后就风一样冲了出去。漆黑的街道灯光微弱。

“给你讲个鬼故事吧。”

“找死啊。”

“胆小鬼。”

“你才是。”

“你让我弄丢了怎么办？”

“弄不丢，我是谁啊。”

“哦哦，我的活地图，嘿嘿。”

黑色有一种安抚人心的力量，所有的喧嚣都沉淀了。然后我们在黑暗里有一搭没一搭地讲话，然后手舞足蹈地唱歌，西城的《season in the sun》《my love》很多很多。我想，我们像是在黑暗的秋季夜里开了一场演唱会，街道的风里，充满着我们的歌声，那般渺远。

“西城的演唱会你没去看，遗憾不？”

“嗯，也没什么吧，总会有机会的以后，我要去德国看。”

我总以为以后会有很多机会，很多机会，可以和我想要带的人一起去周游世界，去慕尼黑的安联球场看拜仁的比赛，看克洛泽的进球，听西城的演唱会，去美国好莱坞看凯奇的电影。我总是设想了很多，然后自己再一一笑着全部否定。我是一个梦想的创造者，也是一个梦想的扼杀者。

路过蛋糕店，熏黄的灯光很吸引人，我跟秋走进去。

“我请你。”

“谢谢。”

老爸说一直很想开一家糕点屋，安静地生活。有时候，糕点是一种艺术，也是一种生活态度。

买了一个柠檬蛋糕和两个蛋挞。秋买了一个丹麦面包和潜水艇。

走了一两个小时，沉默了近半数。喜欢安静，两个人一起安静，是一种莫大的幸福。

第二天去学校的时候，走出电梯的时候，听到背后一个声音说可以做 31 路公交车坐到底，就到了。我们便欣喜若狂地跑去等公交了。走上 31 路公交车的时候，才发现，那个少年，正是昨天一起参加考试的人，218。

秋捅捅我，目光停留在阳光下的那粲然的表情里。

我真希望我能拥有很高超的画技，描摹那阳光下粲然的表情。

我在等我的考试时候，秋已经考完了，她去逛商店了。留我一个人等着考试，217、218、219、220最后的4场。我不幸的正是217，可是，值得欣慰的是还有更惨的218。口语考试很壮烈地抽到了 apology 这个词，要我用它展开一个即兴演讲。脑子里不断地播放一首歌，it's too late to apologize。

秋欢迎我成功归来，送给我一套水浒一百单八将的火柴盒贴。

然后，就是现在了。那些日子，阳光明媚。安详得像是在做梦，我一点都不想醒来。

2011年10月20号，西城宣布解散。这是我打开人人网看见的第一条新闻。脑子轰地一下就空白了。我没有勇气去请假看一场西城的北京演唱会，我还在犹豫是否买下西城那一套黄金专辑，纵使2010年的时候我站在王府井的CD店里，西城专辑的架子前，足足垂涎了半个小时。我还在期待西城的伦敦演唱会，还在等西城的下一个专辑。可这一切都来不及了。措手不及的事情太多，我们总是无能为力地站着，看自己的梦又一次被打碎在现实的戈壁上。

抓住机遇，实现质变。既要反对急功近利，又要反对优柔寡断。

政治书上的一句话，现在用在我身上很恰当。

我把西城所有的歌统统下载了下来，装在一个盘里，存进MP3里。可是。现在这些歌死了，再也没有新的更新了，再听的时候都只是回味和怀念了。总是赶不上最好的时候，一如海子呼喊的，公元前我们太小，公元后我们太老，没有谁见过那一次美丽的微笑。那时候喜欢罗大佑，没过多久，纵贯线解散，一直喜欢克洛泽，没过多久，克洛泽还是转会了，喜欢齐达内的时候，老齐退役了。都是那么短暂的美好，然后我亲自目睹这些的毁灭，悲剧么？也许吧，目击现实毁灭的美好之上，野花一片。

西城。

其实，到现在西城里的那几个成员，我都没搞清楚谁是谁，西城演唱会的历史时间，我一无所知。好吧，我是不合格的。只不过，只是习惯了在情绪不好的时候听西城的声音，在晚上听着西城的声音睡觉。只是，喜欢在下雨的午后，泡上咖啡，播放西城的歌，写一些东西，看几本厚厚的小说。

有人说，那些人走了，你需要自己披荆斩棘，一路寻找新的信仰……

这句话，不免是触动心弦了。

还是选择一个人生活，没有什么会永垂不朽。

WESTLIFE
'S WEBSITE OF CHINA
WESTLIFE.CN

我就在想啊，有些人，我们在毕业的时候都说了再见，也都认为可能这辈子都不会再有交集的人，在未来再遇见，再重新走上同一条轨道，那就不能说是缘分的事情，很大程度上，在于我们的努力。

③

在我们老去之前

我们终将老去，但别抱憾而终

又到了这个节点，学校广播里不停地播放毕业季的歌曲，那些穿着学士服拍照的人渐渐淡出视线，本来喧嚣得听不见蝉鸣的夏天又可以重新听见恒久蝉鸣的时候。我想在这个时候讲一个故事，真实的故事。

2009 年我去新东方上高级读写课的时候，很巧和另外两个姑娘住同一个寝室，Y 和 C。也许当时是自己太狂妄，整个班级里全是 09 级的大一新生，而我足足是个初中都没毕业，开学要念初三的小白。好在 Y 和C都是容易相处的人，和她们在一起从开始就没感觉到任何的隔阂。我们喜欢晚上窝在各自的被窝里闲谈，后来熟悉了更是畅谈甚欢。Y 和 C 是超级好的朋友，接近于亲姐妹一样。Y 跟我讲起她们刚刚结束的高考，她讲自己跟北大医学部只有一分之差，于是选择了复旦，而 C 刚刚好是超出北大中文系一分，成功被北大收录。讲到这个的时候，她们都会心地笑了，好像是在报考这个节点上都能那么默契。我只是顾着赞叹,满脸的艳羡。好像那个时候,一个初中的孩子都有着强烈的名校情结,仿佛踏入名校的人就成了最光芒万丈的人,比任何人都闪闪发光。

后来,在某一天的深夜畅谈里,Y给我讲起她即将开始的大学生活。她说,她就要在学期末申请到英国的交流项目,还谈及各项当时我根本没有听说过的活动,诸如此类的种种,最后她讲,她会有一天去参加国际实习。“她会发光啊”,当时的我在想,看着黑暗里她眼睛憧憬地闪着光。我喜欢听她讲种种令我每次都艳羡的生活,而我,似乎觉得这种生活简直是遥不可及。我说,可是有时候有的事情也会很难办啊。她倒是不紧不慢地说,是啊,可是,什么叫作难过呢。难完了,也就过了。

难完了,也就过了。

那个时候之前,我好像从来没有听过那么有道理的话。

哦,好像一直忘了说C。我对C的印象一直就是,她有时候会和我一起沉默地开着夜灯看小说。期间倒是没有攀谈过多少话。毕竟作为那个班里最最年轻的学生,我的存在感一直都很低,只是周末Y和C去逛街的时候,顺道把我带上,买一点好玩的东西回来。那一年正赶上我对张爱玲的文章痴迷,于是总是有事没事地在课堂期间掏出书看个够,看的她的第一本书是《流言》,在和她们一起逛沃尔玛超市时买的。C乜见我低头看张爱玲的文,便惊呼,你这姑娘竟也看这个!后来,我才得知,C热衷于爱玲的文章,以至于很多文章的句子都倒背如流。有次竟也是C兴致勃勃地跟我讲,姑娘好好学,几年后考北大,还能一起整一个爱玲研究协会。我说，那倒是真的千万个希望。可惜，未来哪能预知？自己说的时候倒也是有点轻飘飘，毕竟那时候离所谓的未来还真的好远。

后来，我因为要去甘肃旅行，便提前离了课。走的时候，Y给我短信说要保重，未来加油。而我，却只记得了她那句，难过啊，就是难完了就过了。

之后，倒也是断断续续地有过一两条她们的消息，再之后就没了太多消息，似乎我也都快忘了她们。可是我要说的，才刚刚开始。

早上打开微信的时候，看到Y发来一条消息，说要当伴娘了。我戳开图片看，略有诧异的觉得是C。Y说，是啊，C今天结婚呢。

竟是感慨时光匆匆。我坐在早晨的自习教室里，看楼下稀疏的人群，走去参加这一年的毕业典礼，似乎也有些安静。Y给的图片上，C的模样我还能认出来，只是好像真的我们错开了一个阶段。是啊，那是2009年，我还刚刚要上初三，而如今是2014年，我也终于要结束我的大一生活。整整五年的时间，我走在里头，感觉只是潮涨潮落的几个回合，可是当我回头再看一眼曾经的参照物，竟是早就淡出了视线，轻飘飘的如烟如缕了。我趁机回顾起我自己的这五年来。

我开始想起当时Y跟我讲起的她的大学生活，满世界地跑，各种或挑战性或娱乐性的活动，心酸的学科，熬夜时候的落魄和站在万众瞩目之下取得成果的光芒四射。当初那个艳羡她的我自己，好像到如今，也过起了她曾经提及的生活。也同样地心酸过，也光芒四射过。事到如今，我也终于走到了这一步，不管当初自己对她的生活多么不可思议，发现她曾讲的一切也不过如此，而我也这样体验着生活着，习以为常着。

原来，在时光里的我们，都不必去艳羡任何人，当初艳羡的，时光到最后都会一点点地交给你，只要你努力，都不要着急。原来，成长本来不是一个主观的过程，只是时间在推着我们每一个人走，而我们不过是在顺着时光的进度，做着相应的事情罢了。而我想，那些没有遗憾的人生，大概就是每一段时光都会与自己选择做的事情一一对应。所以，无论如何，不要艳羡他人，不要看低自己。

我想起来，Y 曾给我讲，她也曾坐过夜的火车，坐到身子都僵硬去见一眼她爱的人，也曾熬着夜等在英国的他发来一条条信息，也曾哭红眼睛，但都一步步地坚持下来。当初自己觉得不可思议的事情，到现在看来却全部都能理解。就好像，这场生命，在曲折离合中渐渐地把你曾经觉得不可思议的事情都看惯。我一直觉得每个生命都是不同的，但每个生命又都相似。这大概就是我们会从陌生的千里迢迢赶来，变得亲近变得熟悉的原因。

Y 和 C 的故事，到这里我也都讲完了。只是希望这些努力生活的好孩子们都能一直幸福着，幸运着。

然后，说完这些的我，也跌打滚爬地爬到了学期末。课上语法老师突然讲到，这是他这辈子上的最后一节课，下完课，就退休了。这个瘦小的老头讲了 40 多年的课，一本语法书被翻得破破烂烂。看着他就突然觉得心里空落落的。可并不是因为他不再教课的原因。

鉴于我这个小白,学英语也快20年,语法依旧一塌糊涂,我不是想说张老头的课给了我多大提升,我依旧是靠着我行我素的中国好语感写作业。我只是觉得像张老头这样的物种好像越来越少了。

张老头在最后讲punctuation的时候把中国哲学串了一遍,看似废话满满,却让我听出了一身汗。后来,我跟学理科的少年谈及这个问题,我说,可能你们学理科的人不能体会那种感觉,那种一个老教授退下去,之后的惊慌和担忧的感觉。因为你们的后辈往往会比这些前辈更厉害,每个人都必须随时准备好更新思想,都必须时刻保持思维的前沿性。

他说,那倒是。总是觉得对老师感觉不多,很多时候都靠着自己的研究性。

不知道为什么,自己突然担忧起来。自从西南联大不再以后,真的很难再见到一个真正满腹学识的人泰然自若地在讲台上讲课了。每个人似乎都在为着SCI和公开课名额想尽办法。把那些无聊无趣但是可以吸引人眼球的、本身就荒谬至极的话题当作自己研究的课题,用东拼西凑来的理论,看似满肚经纶地坐而论道,振振有辞。局外人看着十分崇拜,人气大增,便就冠冕堂皇得了某某学科领域专家的称号。

我只是觉得像张老头这样的物种好像越来越少了。

我一直觉得，文科出伟人的周期往往会长于理科出伟人的周期。而事实却相反。文科悬空的科技成果倒是满大街的乱飞，随便拉出来一个人似乎都能给称出个什么什么文教授。仿佛，会读几个古汉字，会写几个生僻字就能弹冠相庆地加冕了一样。可是，文科明明是一个横向发展的学科，世界历史文明都以人类劳动而产生，而人类又在历史演变里充满共性，这就意味着，我们将牵一发而动全身，学点及面，无所不学，无所不涉及。倘若你在读莎士比亚文学，你便不得不读到文艺复兴文学，这让你又不得不去看欧洲大革命历史，而这让你又不得不去看海洋经济贸易，等等。这一切，不是你能用一个高科技时代的搜索引擎就能得到的结果，而是你必须用最原始的方式，最原始的工具，一个个去积攒，去学会的。倘若没有足够深厚的底蕴，没有足够的沉潜，根本不可能发出惊世骇俗的声音，也根本成不了真正的大师。而这一切的培养都是需要时间周期的。

在当今时代里，科技越先进，对科学研究当然就越有利，特别是对某些医学领域。谁能把握最前沿的技术，也就把握住了发展的制控权。可是，当你反过来想，这些科技的发展并非对文学科的发展起到了完全有利的影响，速度的加快，反倒让学科价值贬值。我们多出来了很多不能忍受deferred gratification的人，也就多出来了很多为了迎合这种口味的沽名钓誉、哗众取宠的学者。而那些真正把一本本的书看下来，真正爱去钻研，为文学而生的学者似乎在民国以后越来越少，剩下的几个，唯有的几个，也都古稀之年，后继无人。

而在这么一个浮夸的时代里，能有这样一个辗转过无数次曲折，历经过文革浩劫和经历了新时代信息爆炸碾压之后，依旧选择爱书，依旧坚持读古书，坚持踏踏实实搞学问的老师实在太难得。张老头不是什么名声大作的大师，但却真的很难在这个时代再复制一个这么踏实这么刻苦做学问的人了。

我们可以花四年培养出一个诺贝尔奖获得者的天才学生，但却几乎不可能在同等时间内培养出一个文科大师。大概就是这个道理。

张老头上完课，矮小的身影消失在走廊里。好像第一天上课的时候，他就这么安静地出现，现在又这么安静地离开。大概，人如书，他编写的书封面简朴低调，人也如此，不华丽，不喧嚣。

楼下照毕业照的人还稀稀拉拉的一片片，我想，这大概就是要结束了。倒也冷眼看他们离开而幸灾乐祸。可是到底，自己也没什么可给未来的自己的，只是希望在老去的那时，不抱憾而终即好。

告别的那天我们在树下歌唱，我看着你们，没有笑。今天我一个人离开，你们看着我，都笑了。

而我也这样体验着生活着，习以为常着。那次翘课去做了饼干，最后却舍不得吃掉。

我只是觉得像张老头这样的物种好像越来越少了。

看过很多阅读café里的留言墙，内容大多是愿未来要更好，好过现在，而我只愿未来不要坏过现在。

我不缺你这节课

洋婆子短信震我的时候，我正在从上海到南京的早班动车上，迷迷糊糊地靠着椅子睡觉。我隐约感觉那会是个广告短信，于是，自顾自地换个方向继续睡。后来，车在昆山站停了一下，嘈杂的上下车声音吵醒我，才想起来有短信，便翻开手机去看。果然这一看给我彻底打消了困意，瞬间脉动回来，脑子完全清醒了。愣愣地看完洋婆子给的一长段密密麻麻的英文短信，我第一个反应就是，My God。朋友在旁边正在撕开一瓶牛奶，刚准备递给我，看到我这么一个大反应便一脸诧异地看着我，问我怎么了。

可以想象，大早上就收到外教要扣掉我一部分期末测评成绩的通知的时候，一个人会有多烦躁。而这个扣分的原因正是我这次请假去南京办英国签证。我含着怒气翻了翻之前给她的请假短信，觉得自己理由充分而且言语正式诚恳，应该是作为任何一个正常人都不可能拒绝我这次请假申请的。但是，这个我一向认为最 considerate 的洋婆子，居然言辞激烈地告诉我，your absence will hurt your final score.这怎么会不让人瞬间暴跳如雷。

顾不上回答朋友的问题，便点开对话框回复短信给外教。我觉得冤枉得要死，分分钟打出来一篇接近短文字数的比她陈述扣分理由还长的短信给她，然后长舒一口气。感觉像外交官给无理取闹的小日本严正声明警告一样的义正辞言，句句逻辑严谨，言语掷地有声。最不能忍受这样莫名其妙地被扣去分数，还被数落成一个根本不守规则的人。

我接过牛奶刚喝了一口，iphone 的三连音的短信声差点又把这一口液体给逼出来。洋婆子淡定的一句话直接让我五雷轰顶且宣布了我义正辞言的谈判彻底破裂。她那句话这样说，“You are an adult, and you can miss the class, but I have my class policy. Rememer, all your choose is not free.”

差点把眼泪都给气出来。

我既不是逃课，也不是迟到早退，我只是不得不请假缺席这一节课，怎么就不能宽容我。我既不是没有给你申请，也没有言辞冒犯你，怎么就必须这么残忍地对我。我以为这一切都有正当理由，都能宽容将就。而洋婆子偏偏这么较真。真是气不打一处来，甩给她一句，well, I will pay.就把电话扔在一边。心里一百遍地骂，老子再也不想上你的一节课。

人在受到了委屈的时候，往往会拿一些让自己感觉舒服的时候去对比，结果就是把自己比绝望了，越来越难受。我想起来我精读课老师的体贴，请假讲一句就好了，作业的DDL可以延迟，期末测评只要完美完成就完全没问题。一些难解的问题还可以随时寻求帮助。中国的老师总是无限量地给予学生帮助，能变通的就不会严苛地要挟。我继续想，想到了高中时候高二缺的那一学期课。假设换作我在美国读的高中，我若是敢来个缺课一学期，估计期末测评我的分数会是负无穷。按缺课一课时扣2分来算，我早就欠分比欧债危机都严重了。而且，老师才不会管你缺课时期是怎么了，你缺课，就自动认为你是自我选择。哪里像咱们的老师这样，缺课两天都会给你家人打电话问你是不是有什么情况了。妈的！想着想着就越发地生气。

朋友捡起我的手机，静静地看洋婆子的短信。我乜他一眼，说，洋婆子的短信还有啥看，越看越生气。他却在一边默默地看，没吭气。

大概是沉默了好久，我开始想到之前读过的一个笑话，说西方人与国人思维的差异在于，西方人的脑子都是计算机编程过的，除了规则没有别的。而中国人自传统以来，就有着家和的思想，仁义礼智信的纲常。宁可委屈自己，也不愿伤及感情。古人早就提出来，百事以和为贵，变则通，通则久。这大概是五千年中华文明潜移默化交给我们的一种生活习惯和思维惯性，认为凡事都可以有道义上的变通的余地。儒家仁的思想，提倡人们要宽厚待人，学会换位思考，老子无为而治的思想，提倡人的自由发展，自我意识的觉醒。尽管在历史的演变里，现代社会的人们没有谁再像古人那样把这些仁、道、礼的纲常奉为圭臬，一丝不苟地照做，也没有哪一所学校再像古代的私塾一样专门教授礼义纲常。工业化时代里我们都学会了辩证地看问题，都分清楚了古人思想里的糟粕和精华。可是，同样不能否认的是，在这个大河文明里发源和成长起来的人类，在这片华夏热土里繁衍生息着的人类，骨子里还是有着这样的基因的，我们的思想里还是有着变通、人和这种不可磨灭不可否认的性格标签的。尽管我们一直在淡化那些远去的纲常伦理，尽管我们看似离那些曾经的思维渐行渐远，可是，当我们孤零零地站在世界的舞台上的时候，这些东西还是会在第一时间成为你的标签，让你在世界的大环境里第一眼就看到你的同类。

我们深受儒家思想的熏陶，我们在看似繁复的道德约束里代代生息，终形成了一种慈悲，一种变通委婉的性格。这种性格在清末到建国之间，被无数革命先驱还有热血文人称作“中国人的奴性和软弱性”。鲁迅骂这是中国人的劣根性，活该被压迫被剥削却不忍反抗。这在彼时着实是没有错的，软弱性让我们在无数异国蓝眼黄发人的兵戈中苟且偷生。可是，时光变换，我们换个角度再次审视这些性格，我们便发现了这就是我们不能忽略的culture shock。而反映到民生里就是国人做事讲究变通和睦，偏爱圆满的双赢结局。洋人便是不近人情只懂白纸黑字的规则。

换到我这件事情上，中国老师看到我的请假申请，肯定是理解我的处境，给我以行动之便，便也是得过且过，我们都开心，就达到了双赢。可是，若换作我是个土生土长的美国人，对于洋婆子这样一发通知，估计也是一看而过，便该做什么就做什么了，哪里也不会来我这么大脾气。因为在他们的思维里，缺课扣分理所应当，就像上班给工资一样，谁也不欠谁的。

我沉默了好久。感觉自己简直无法适应这种条理。于是,自己又仔仔细细地读了一遍洋婆子的短信,这次是平心静气地读,竟然也没读出什么故意偏见的意思,竟是也开始觉得洋婆子说得都有道理,只是在例行公事罢了。而我之前脾气的爆发,不过是习惯了中国文化和思维的滋养,面对这种事情,就先入为主地认为自己没有错,是洋婆子有偏见。随即自己又自嘲起来,你不是说喜欢西方的教育模式么,你不是立志剑桥求学么,你不是说一个中国大学都嗤之以鼻么,怎么这么个洋婆子正常的规则就忍不了了?我想起来我曾看过的一篇文章,一个在英国留学了8年的女孩子写的,她说:“我曾经以为的留学梦在我这个在异乡生活了快10年的人终于看穿,那个曾经的梦不过是一架穿着华丽袍子的骷髅。我们在离开故土之前,都被它的华丽表面迷惑了,只有接近其中,才明白,这一切是多么的不堪入目,多么的艰辛。在这里,我拼的不再是熟悉的中国孩子,而是来自全世界不同思维力不同背景的孩子,我要努力到不可想象的地步才能让一群金发碧眼的英国孩子向我投来羡慕的眼光,才能被他们围着问我生理题。他们一眼就看懂的文章,我要读了千百遍才明白这个文章就是在讲唐氏综合征。我不得不忍着感冒忍着病痛在异乡熬着夜,赶在教授的DDL之前提交我的论文。我知道,这一切,快乐也好,辛酸也罢,我都无法向谁提出特殊关照,在这里,所有人都是机器,冷冰冰,而特殊关照这个词,我只在回国的时候才会听到。”

我开始觉得自己窘迫,好像对以前固执的梦想动摇。我说,我再也不想出国,受不了。朋友在旁边诧异地看我突然冒出来这样的话。随即,他指着手机屏幕上洋婆子的短信上的句子给我看。那句话这样写,you are an adult and you may decide to go。

瞬间大彻大悟。

是啊。I am an adult。

我是一个成年人了,我有权利选择我的道路,当然也务必为自己的选择承担义务。生命里总有既定的规则,但是我们又都是自由的,你可以选择遵守规则,也可以选择违反,但是,代价都是有的。既然当初我们都选择了去远游求学,那么,求学所带来的酸甜苦辣,我们都必须一个人承担下来,毕竟,当初谁也没有替你选择。也曾听过很多人说,谁谁谁在国外读书,有多么多么逍遥,吃得好,玩得痛快,环境还好,真是棒。可是,没有经历过的人怎么有资格评述别人的生活?过得好不好,只有当事人知道。曾经有个特别不合适的比喻,但是道理说得很明白,它说,留学这个事就像是AV片,看的人觉得很爽,而只有拍的人知道有多艰辛。话虽粗俗,但道理却真真切切。

洋婆子这个事,折腾了我整整一路。南京站就这样到了。我把行李收拾好,站起来,跟朋友说,我不缺洋婆子这节课啊。

可是，没有经历过的人怎么有资格评述别人的生活？过得好不好，只有当事人知道。你眼中的我永远不是我，而真的我，连我自己都没见过。

所有的美好都是努力来的

那天，她又晚上短信震我，我揉眼睛翻开看短信。她码字讲的话，小心翼翼，认真又敏感。我突然就笑了起来，好像看到了一年前这个时候自己写的日记，那种忐忑、纠结、不安的心情，无处安置，好不容易能有迹可循，有处安放，却又不忍完全袒露，含蓄了又含蓄了的表达，润色了又润色了的文字。文字静静地躺在发光的屏幕上，我捧在手里，像捧着曾经的自己，和自己羞涩的对话。我想了很久才认认真真地回复她短信，区区百十字的短信居然到最后删了又写，写了又删，弄到手心出汗。我好像还从没觉得写哪篇文章像回复她短信那么艰难。哦，她是高考生，和曾经的我一样，面临这样一个残酷又美好的考验，那些紧张，除了自己和经历过的人能体会，恐怕，很少再会有人设身处地地去体会了。就像我也曾无处安放我的不安，也曾深夜一个人独自安静地落泪，所以，我懂这个电话那头，深夜失眠的少年，撑着一盏夜灯，心中的孤独和不安。我大概是到最后附在短信末尾了一句话，我说：任何时候不安的时候都电话震我，我一直在。她终于安心地说了晚安。我长长地舒了一口气，我想她该是真的安然睡去了，而自己却久久难眠。

一年前的自己在干什么呢。这个问题我问过了好多人，大概大家都几乎在说，在复习考试啊。是啊，那整整一年，我们都在全力以赴地复习考试。可是，你还有没有记得，在那一路上，我们情绪的每一次波折，每一次痛不欲生或是喜极而泣。我们总是说自己最脆弱，可是时间里，却证明我们最健忘，最坚韧，最坚不可摧。那些自以为不能活下去的瞬间，不但被我们默不作声地走过来，到最后还被我们遗忘了。说起来还真算是可笑。

我记得，那一年我和她一样，也都孤独，也都害怕。也很幸运的是，也是有人一直在背后听我讲话，我记得最清楚的一句话是，学长告诉我，他说，有时候，打击来源于辉煌而不是不堪，你要学会正视过去，这样才能过好现在，创造未来，完成梦想。我把这些写下来，贴在本子上，不是为了所谓的座右铭的噱头，而只是为了让我感受到，这个世界还是可以体会到一个于你不相干，离你千万里之外的一个陌生人的温暖的。我们都不孤独，那些有着相同经历和相同感受的人，总会在万千星海里化作一束最亮最璀璨的星光，闪耀在你的头顶，光彩熠熠地告诉你，我啊，曾经也和你一样，你不孤独。

翻翻日历，后天就又到了新一年高考的时候。翻翻高中拍出来的图，又看到一群群孩子们在扔书，疯狂地拍各种毕业照，各种留言，各种告别。突然就想起来那句歌词，我们玩着玩着，就长大了，我们笑啊笑啊，都变老了。这样不可逆的时光就一次，也就一次就够了，也就只有一次才懂得什么是珍贵的。想想还真的是感慨颇丰，这些顶住分别的不舍，又要勇敢地迎面走去高考的孩子们，现在都还好么？我短信了她一下，告诉了她16个字，放平心态，好好休息，保持精力，高考必胜。我知道，少年此时可能听这些话已经不止一遍，学校里老师讲到的经验和技巧肯定每一个都比我说的要更实用，但是，我只是想让她知道，在这一路上，一直有人在关注你的生活，在陪着你度过你的这独一无二的一年。也许，这种感觉就像是，在来到了令人恐惧不安的未知的地方的时候，居然一抬头就看到了一张熟悉的对你微笑着的脸孔，瞬间，所有恐惧都是鸡肋，抓住我的手，勇敢地走吧。这世界没有冰冷的恐惧，只有不忍微笑的脸。

我就在想啊，有些人，我们在毕业的时候都说了再见，也都认为可能这辈子都不会再有交集的人，在未来再遇见，再重新走上同一条轨道，那就不能说是缘分的事情，很大程度上，在于我们的努力。这个努力不是说为了去遇见你而做的努力，而是，在彼此看不见的时光里，不动声色，安安静静地努力地做着自己的事情，修炼成最好的自己，结果，既是出乎意料，又是意料之中的，在某一天，突然发现，你也在和我一样的道路上走着。这估计是最令人兴奋的事情了。你感谢上帝没有把你们拆开，你感恩遇见的正正好，早一步会不相识，差一点点就会错过，却不知道，这一切，都要感谢那个一直努力的自己，那个努力让自己发光的自己。而我，同样是一直相信着，这世界所有美好都是一步步努力得来的，就连自己最好的爱情，都是用千千万次不断地攀登和磨砺修来的幸运。越努力，越幸运，这句陈词滥调，一直都很对。

你说："慢慢地学习，成长。"的确是这样。用你看不到我的日子，我去做最狼狈最艰难的跌打滚爬着的努力，才能在下一次用更坚定更温柔的目光望向你。有人跟我讲起，人生真是过得不容易。的确，人生是一场惊心动魄的修炼，每一步都走得精彩又刺激。可是，即使是这么艰难，我们还那么恬然地生活着，只是因为，你知道，你生命中有这样一个你努力得来的人，他望向你的眼神比你望向他自己还温柔，他对你的好比你对自己都要好，他关心你比你自己都要关心你。他是你一切美好的奋斗的原动力，是你闪闪发光的世界，更是带你无论走多远都不会害怕孤独的人。

所有的美好都会出现，只要你肯奋不顾身地走过最狼狈的奋斗。

一边行走，一边遇见

从昨天回来到现在，自己一直在琢磨着写点什么，却是疲惫得很，倒头便睡了一整天，醒来的时候已至黄昏了。斟上干红一盏，想想这行走的一周所有的细节，竟然是很多当时颇多感触的话此时却无从开口，不知如何解释罢了。就像是卡了鱼刺的喉咙，总觉得那里有鲠，拼命地想弄出来，却无从下手。但，这或多或少，或浅或深的，也算是我生命里值得记住的一段历史。

在奉贤的日子是湿润的，茂密的棕榈掩映下的别墅小镇在半阴的天空下颇显出寂静的样子，我们屋子的前面就是海滩，隔着一条干净而永远湿润的粗石砾路。会议的那三天，似乎每天黄昏都是一场雨水相接，温暖的暗黄色灯光投进路面浅洼的水坑里，便是一个个的琥珀嵌进路面。我们就这样匆匆忙忙地踏过溅湿的路面，顾不上身旁静谧祥和的雨夜，埋头于纷乱的文件与提议之中。

每次会议之前，我总是祈祷这次会议能温柔相待，不要那么艰苦卓绝的白热化和焦灼，可每次总是不能如愿，每次都必然经历那场白热化的焦灼与面对接近精神垮下来的临界点。我记得那是我们在奉贤的最后一个晚上，又是一群人焦头烂额写最后决议草案的晚上。人是都有惰性的，当事情越接近尾声的时候，越容易想要去放弃，想要去敷衍。所以，那些每一个都认认真真坚持下来的人，才会那么珍贵，那么闪闪发光，那么稀少。我们总习惯了在最开始的时候下定满满的决心，却在靠近完成的驿站里敷衍了事。说真的，当 bloc 的力量被一次次削减，同意合作的国家突然变卦的时候，我也是那个想要仓皇而逃的人。我记得雨水在屋檐上打击出清冷的声音，站在楼梯口的自己看着模糊的影子反射在水洼里，摇摇晃晃的风兜进领子。深夜 1 点钟。我不知道该怎么去面对第二天的草案，怎么去写一份好的文件。人往往会在孤立无援的时候去疯狂地搜索自己的圈子，希望在这个圈子里能找到可以迁就的人。而幸福的人总是会在圈子里找到那个无论多晚都可以去迁就的人。当我去问小蒙学长学术指导的时候，在那短暂的嘟嘟声之后出现了应答的声音的时候，眼泪竟是不由自主地奔涌而出。

当我们总是孤注一掷地行走在茫茫无边的世界的时候，是没有眼泪可流的，因为你的世界本就是这样，可是，当你明知道自己的世界注定是一场孤注一掷的行走，却突然有一个人出现，告诉你，这一路，你并非无助的时候，情绪才会脆弱地崩塌。

接近三天的艰难进展，疲惫却依旧不能闭上的眼睛，潮湿的空气打进心里就像是一场永远都不会痊愈的伤寒。我以为自己再也无法撑下去的第二天，我以为自己再也无法完成的任务，我以为的前功尽弃，都在那个深夜带着眼泪一点点地隐忍下来。现在想起来，那时让人痛不欲生的艰难却成了如今最怀念最意味深长的记忆，那个蹲在雨里发呆的自己，也成了现在想起来会微笑的自己。那些自己以为无法承受的，到最后竟成为了自己最骄傲的。也许这就是我们活着，痛着，却爱着生活的原因。

他们也曾问我，你的这些会议到底有什么意义呢，简直不就是等价于自费旅行么。我想，我没法去讲一个令人信服的答案，除非你也像我这样体会过这些生活。我们的确无法做出决定性的改变，去让这个世界因为我们的草案而有任何的变化，我们也没有任何实效力量，会议于我们不过只是一场看起来很耍酷的过场。可是，所有的这些意义绝对不止于会议，那些你在会前所做的任何努力，那些你在会议里遇见的各种人物，那些你为了一份文件、一次合作而想尽的所有办法，诉诸的所有渠道，才是这些会议的真正意义。人生本就是一场倒计时，在这个无法暂停的巨大的倒计时的洪流里，就边走边遇见，去努力地看到更多自己没有看到的，去认识更多值得结交的人，这也许就是为什么要不停行走的意义。

事实是，我们在最后的那个雨夜，连夜赶文件到3点才不情愿地睡去。翻来覆去回想着所有经历的事情，直到夜雨停了，天空擦出红晕。也许是因为有过如此难熬的时光，才会感觉到当大家一起写出的文件打印出来被讨论的时候的兴奋，也许是经历了最咬牙切齿的过程，以后的道路才显得好走了一些。我想我该是兴奋的，会议结束，那种按捺不住的兴奋与长舒一口气的荡气回肠。

我想，我们活着，我们去做一些事情，我们去努力，这一切的一切终究不过只是为了让自己过得更开心一点。当自己的努力被认可的时候，那种之前受到的所有的委屈和压抑都值得了的感觉，那种终于可以离自己的梦想更近一点的领悟，都是这场生命里最最珍贵和美好的东西。宁倾其所有而取之。我开始庆幸自己在最难熬的时候没有选择放弃，也开始对自己差点就撒手不做的情绪感到心有余悸，当结局是美好落幕的时候，再次印证了被我奉为圭臬的话，坚持是这世界上最伟大的品德。

我说了，我要去遇见，要在我这个短暂的生命中去遇见。于是，我们开始旅行，像很多人向往的那种旅行一样，我们向往着一场说走就走的洒脱的旅行。不知道为什么，我却总是会在旅行的路途里想起那个在欧洲的导游，那个为了这份职业而放弃了家庭的人。他说他喜欢这样的工作，尽管总会有很多的压力和不可计量的意外，但一路上却是每一天都在遇见新的挑战，看见新的人，结识新的朋友，听不同的故事。而我，是个喜欢有故事的人的人，生命如河，跌宕起伏才能有永垂不朽的铭记。我想起他来，大概是突然有了同样的思想共鸣，也大概是我终于能理解了他的那种执着与看似疯狂的选择。我们选择挑战，只不过是为了当我们老了，回想当年的青春不会是那千篇一律的苍白和如同模板一样的呆板，只是为了当我老了，头白了，坐在壁炉的前边，能用着波澜不惊的平静语调，缓慢道来讲述波澜壮阔，荡气回肠，独一无二的生命历程。只是为了让这世界记住，我的生命，其实，也可以这样度过。

可是，自己终究也是个容易感情柔软的人。所以，少年说，“你来，我便去接你，只是想让你知道在这个陌生的地方你不是孤独的”时候，自己感动得一塌糊涂。也终于明白,要感恩的事情太多,值得记忆的也太多。我们要记住那些深夜为你留灯等待的人,记住那些为你的存在而骄傲的人,记住那些因为你到来而放下一切去迎接的人,要记住的东西太多,而我,只希望,我见到的你的笑颜不是最后一次,挥手告别之后的地铁站里还能再次遇见,那些写好的书信不是最后的留言。这一路,你值得纪念,也值得被珍惜。

那些自己敢于去疏远去冷淡的人,才是自己心底最放心最安全的人,因为,你觉得他们不会因为这些而与你真的分离。而那些你时时刻刻都不敢尝试告别,分分秒秒都要靠在一起的人,却是你心底的不安与焦灼,因为你怕你的稍不留神,他们便烟消云散。可惜,我们总固执地抓住自己不安的人,安心地放下那些真正放心的人,而结果往往是,苦心孤诣的终究没有悬念地离散,不曾关注的却依旧坚毅得不曾远离。

这一路的阴差阳错有太多,我们边走边遇见,却不该忘记最初梦想和一直为你等待的人。

似乎每天黄昏都是一场雨水相接，温暖的暗黄色灯光投进路面浅洼的水坑里，便是一个个的琥珀嵌进路面。

Ethiopia
Portugal

这一路，你值得纪念，也值得被珍惜。

即使明天天寒地冻路远马亡

我记得去年此时。我为着高三上学期的期末考试焦虑着，现在，我似乎过着一种不分昼夜的生活。前些日子，同学去高中拜访了以前的老师和同学，我倒是没去。我是个不多愿意往后看的人，也是个不愿意隐藏自己真感情的人。坦白说，高中日子是残酷而决绝的，到了现在，我依然这样认为。所以，我还是固执地不愿意回去看那个严肃得像纳粹集中营似的地方。

可是，当所有人都去做一件事的时候，自己不去做，就好像自己是个天大的怪人，做了史上最错的事情，是这世界上最不近人情，最冷漠，最不善良的人。就好像是《局外人》里的默尔索先生，他犯了罪，但并不是因为他杀了人，而是因为他在母亲的葬礼上没有哭。当约定俗成的事情为每一个人所接受的话，你的破例，就是罪过。这，无非是一种暴力。让人们再不敢真实地说出自己的真情感，不敢说出真实的自我，成为社会洪流里漂浮的一朵平庸无奇的浮萍。而这世界，只是一台冷漠而荒谬的机器，而我们正在渐渐被它遗弃。

我想，这次我一定犯罪了。

那个下午和同学聚会，在甜品店聊天。说到现在正备考的同学，大家都叹息说，怎么劝都劝不住要哪里离家远报哪里，可是，离家越远真的好么？同学也都还是说怎么省事怎么选择学校好，就近也不是不好。

谁不是呢，当时总是觉得故乡是最差劲的地方，想要跑得越远越好。可是，经历过之后才觉得，那颗心还是应该属于最本初的地方，历经千帆，还是回家。走出来的人都已经醒悟，而在路上的人往往糊涂，可是即使糊涂，也不想听一句像是风凉话的劝告。我们都是这样，让梦想的羽翼丰满而瑰丽，却忘记了身后颤抖的单薄的现实。

可是，我常听一个后辈问我要报哪个学校好啊。我总是说，去大城市啊，去北京，去上海，去香港。他们总是觉得我在讲陈词滥调的俗套，嗤之以鼻地说，考不了。可是啊，有些梦想并不是立竿见影短期就能满足的，有时候，它是一个人一辈子的事情，是一个人每一天一想起来就精力充沛的信条。所以，我还是觉得，无论处在哪里，站在哪个角度，还是应该向最高、最好的地方张望。就像七堇年写下的我最喜欢的一句话，要有最朴素的生活和最伟大的梦想，即使明天天寒地冻路远马亡。

我知道，你肯定有一个你最想去的地方，不管你是如何出现的这个念头，也许，这个突如其来的想法，只是你想在剑桥三一学院门前的草坪上看一场日落，在阳光灿烂的下午坐在那里晒太阳，或者，只是因为一眼万年的缘分，不管是什么，都不要否定，不要耻笑。也许，你们的六月给不了你的答案，不过，人生来日方长，并不是走出了所谓的高中，就没有了继续梦想的能力。而一切的珍贵，在未来无数的日子里，你也许会慢慢领悟到，这一切并不是能学到多少东西，而是时刻都能保持那种如同当初追寻梦想的能力。

岁月渐长，能力像是人体上的一块肌肉，时常不去运动，就渐渐萎缩，我不怕万人阻挡，不怕站得卑微，不怕没有光明，怕的是再也没有了当初战斗的能力。我在高一的时候，翘过一下午课，原因是心情不好，回家看电影。我记得很清楚，那个电影的确影响了我很久很久。电影叫作《录取通知书》。我记得最印象深刻的一句台词是："所有大学都不愿意给我们录取通知书，既然如此，那我们就创造一所大学。"说得很明白了，大学怎样并不重要，那只是一个地方而已，就像是一个容器，我们没法改变容器的既定样子，可是它们却无法决定我们。在哪个容器里都无所谓，重要的是，无论身处哪里，我们都知道自己要成为什么样的人。

我想，我身后的你们应该会明白。遥远的追求，不是无本之木，不是虚无缥缈，而是一种让你即使在最低处仍然有理由，自信倔强地抬起头的资本。

我想，我身后的人，会明白。Keep calm and love your life。

剑桥大学

终有一天,你会得到你想要的生活,拥有你梦里的房子,爱着你梦里的人。

来日方长

在窗台种下了一盆向日葵，用泥土包裹着的种子安安静静地躺在花盆里。倒也是闲来无事，竟是一个人趴在窗台安安静静地看了它一整个下午。等待发芽生长开花的日子，像极了歌德笔下夏绿蒂少女在阳光灿烂的午后等待爱情的那场企盼和掩抑不住的欢喜，仿佛整个世界都能擦出火花来。自己并不是个养花人，倒是个喜欢这种活脱脱的生机的人。记得有人生日的时候，我便是侍弄了一株盆栽榕树给他，淡紫色的花盆还是精挑细选出来的。那人说，倒真的是好，榕树常青，待到养得肥壮了，毕业的时候我们亲手移栽到学校门前的花坛里去，以后年年假期回来，都再看看它。

满心欢喜呵，一天天等待它长大的时光，像流逝出指缝的阳光，岁岁年年都一样，却流逝得分分秒秒不相同。可惜，事情总是坎坷，那人在一次暴雨中忘记了把它移回屋子，大风吹断了它的茎干。总有事情是一场风花雪月的徒劳无功，也总有些企盼是开始就注定的苦心孤诣。我再没盼到又一年的苍翠欲滴，也没了却最初的夙愿。就像是有些人，最初以为的从此以后患难与共、歃血为盟，在光阴的等待里却最终见证了一出冷暖自知、寂静欢喜的独角戏。那些我以为能帮你分担的，那些我以为我会一丝不漏地参与其中的，不过成为了一纸过期了的契约。我没参与，你不怪我，你来不及道别，我亦是理解。这层层叠叠的生命罅隙里，能挤破头皮拥进来的人，着实太为稀少。

这原本不是我所计划中假期的样子，我以为久别重逢以后，会是一种豁然开朗的欣慰和激动，而现实却是，当我终于到达，我却没了想象里的激情。想念是会随着时间慢慢放冷的热粥，本以为暖暖的迫不及待地想要一饮而尽，却在不自觉的等一下里变成了难以下咽的剩饭。当一个人终于有能力有时间有精力去做以前百求不得的事情的时候，却又恰恰没了当初的那份心情和感动。那些本以为会感动的相聚，事实却也不过如此的平淡。这不是无情与失信，而是时间榨干了我们对事情的所有美好的想像与企盼，让我们高估了现实的场景。

我们所有的纠结与痛苦全然来自两个弱点。一个是总学不会的拒绝，另一个是永远办不到的主动。

不敢或者说很难说出一个拒绝的词，宁愿委屈自己也似乎要把别人的心情安抚舒服。像是自己的感受从来都低等于别人似的，自己对自己总是很好说话，迁就自己千百遍不愿狠心说一句不。最终难过得躲进暗夜的角落哭泣，那自己用可耻的好心与漂亮在自己心口开的枪，只有自己知道有多疼。我总是会想，为什么总是宁愿自己不舒服也要让别人好好的,这种奴性思维,是将心比心的一种过度滥用,虽然很可怜,却也是可怜之人的可恨之处。

做不到的主动邀请,主动表达,所有的话都躲在一个遥远的思维盒子里等待着外人的猜测。这也是奴性的。把个人思想隐藏起来,而放弃选择自己所喜欢的无疑是愚蠢而堕落的。总是自己可怜自己,抱怨无人问津的情愫。可这一切,终究是自己的选择。既然选择隐藏,就别抱怨外人的不屑一顾和不解风情。

我总怕得这些病,可是却意外地发现令人毛骨悚然的现实。我早就病入膏肓。

来日方长,像等待每一个花开的日子,在等待病入膏肓的自己重获新生。

以梦为马

好吧，我承认，放假回来之后我有了睡眠不稳定综合征 。仿佛是早晨夜晚颠倒了似的。这会儿纠结这么多会议的事，我又是抓掉一把把的头发红着眼睛睡不着了。感觉这就是一种强迫症。想让自己赶快处理掉一件事情，往往事与愿违，总是不能如愿。我总相信，半夜不睡觉的时候，总会干出来些匪夷所思的奇葩事件，总是胡思乱想些奇葩的事情，搞得整个人神志不清似的。好吧，敢情我现在整个人都是这样的。本来打算好好码字写写我未完待续的小说 ，结果 ，就这样荒废了。

今天楼上的小孩儿背着书包跑过我面前，忽然就感觉自己早已经过了天真的年龄。过了说话可以不考虑后果的年龄，过了可以不考虑未来的岁月。就好像是，我和小孩儿同时摔倒了，他可以放肆地哭，而我自然是拍拍灰尘，尴尬地赶快站起来。有人跟我说，长大的过程是残忍的，是一次让坚强榨干软弱的枯燥的过程。我完全赞同，但却不消极。像我这种本身对疼痛不敏感的人,好坏都一样。

我伤口最迟的愈合期是7天。这个规律我信奉不渝。无论是哪样的伤口,我总能想出合适贴切的自我安慰给一一摆平。有时候相信这世界是一个个孤岛组成的无尽海洋,就像加缪说的,这世界是一台冰冷的机器,它终究以它的冷漠残忍地隔绝了所有人,而最终,我们都成了它的局外人。这一点都没错,我们都是彼此的局外人。除非你愿意给我你世界的钥匙,授权我进入,否则,谁也不可能走进你的内心。

海子写以梦为马的时候,我知道那是一种可怕的孤独。他期待春天到来10个海子全部复活,可是,自己终究是醒来在自己鞋子里的卑微人物。自以为在某个角色里很重要的人,最终肯定是摔得最疼的那一个,你以为的永远是自以为是,而现实永远都是利他主义,自己永远被摆在最无所谓的缝隙里。

这没什么,也不是什么。我不想表达什么。

就这样吧。不要在意这些。每个人都有自己的牢骚,但,并不是每个人都能那么幸运,能够安心地宣泄。

这没什么，也不是什么。我不想表达什么。

说来可笑，都来不及道别

我有过一个几乎撑不下去的濒临崩溃边缘的一周，倒也拥有一个皆大欢喜的周末。世间所有的事情都是物极必反，都是重获新生。这错综复杂的一年，事到如今都难以回顾，来不及说再见的，随着时间的流逝，注入了新的时光里。我相信，同样的道理，尽繁复之能事之后，终成简约的朴素。返璞归真，便是褪去华丽奇珍异宝之装饰，终大彻大悟以朴素青袍黻体的修行。

早就失去最初遇刺必还击的激动，所以，再收到 I hate you 的文书的时候，选择了无视和删除。何苦跟一个恨你的人计较事情的真伪。我始终相信，先入为主的思维是人性的聪颖，同时也是人类阿喀琉斯的脚后跟，是致命的难以抹去的弱点。不记得是谁在哪本书里写过，一个骄傲的女主角的著名的台词，就算与世界为敌，也要活得不紧不慢，活得优雅可爱。原谅都不曾道别，就已经消失人海的彼此，大概一定就是这样，你才那么恨我。不过，有些事情，就不需要刨根究底了，还是活得糊涂一点好。

理智告诉我，过去的就不可能回来了，尽管我可以把过去的事情，过去的动作甚至过去说过的每一句话都原封不动地做一遍，也不可能和原来一样了。就像是打碎的玻璃，拼得再完美，还是难掩那已经摔开了距离的二氧化硅分子距离。如此，才能让一个人真正地明白 all or nothing 的含义。不是全部，那么就什么都别是。

有时候，我怀疑自己的偏执。妈打电话说起你的时候，还是批评我的刻薄和不近人情。可是，事情总是自己的，何况这是一场自己的感情风暴，我知道，哪里不对，哪里丢了。就是错也认为错得漂亮。我只是，在站在这多事之秋的尾巴上，向没来得及说再见就仓皇离开的少年挥手告别，好像就这样回答了你的问题。我的观点就是，接下来的路上，可能注定就没了你的踪迹，我骨子里是粗犷的人，做不来那些细致拼凑、委曲求全的步骤。

说来真的可笑，曾经以为只是看一眼之后再不会有交集的人，却最后能并肩行走安然相待，而曾经以为是生命既定不离不弃的人，却终究是一场繁华落尽，死不相认。左手在她的游记中说，缘分是一个圈，兜兜转转会再回到最初的原点。可惜了，左手也许不懂数学，真正的缘分也许是个球体，兜兜转转看似回到了最初的那个点，却不知道，可能已经是存在于异面上的了，近距离的相望，却再也没办法相拥。

在毕业的时候，有人给我讲，来不及了，什么都来不及了，那些错过的人,那些还没说过一句话的人,估计这辈子都可能没办法再说话了。我说,来日方长,何苦现在就定论。

果然,这是一语成谶。

曾经躲在树干后面背书偷瞄的人,默默骑自行车超过去的人,成了可以说真话的朋友,曾经第一眼看上去特别不顺眼的人,现在成了最挂念最期待的人,曾经温柔相待、给了最多眼泪的人,现在成了末路穷途老死不相认的人,曾经的离不开,成了现在的不顺眼,曾经的故事,成了现在的笑谈。就像是一场游戏,同样的人,时光偷换过场景就变成不同的角色。

一个人活在复杂的社会里,总是有着不同的角色,所以,我们对失败者的定义是不是该改变。失败者不再是一事无成的人,而是只能充当单一角色,或者难以在角色转换中做好角色扮演的人。Life is just a role play。

来不及啊,来不及去道别了,我感到时间快得可怕了。我计划中的年份就要快到了,可是我的理想还在未完成的遥遥无期里,我来不及了。想起来川端康成说过的一句话,如果,你在 16 岁前还碌碌无为的时候,那么你的人生已经过半了。我的人生已经过半了,真的不能再让下半段过得像上半段。

还有好多事要做,来不及了。那就这样,原谅这场仓促的收尾和告别。见亦不见,早已无所谓。

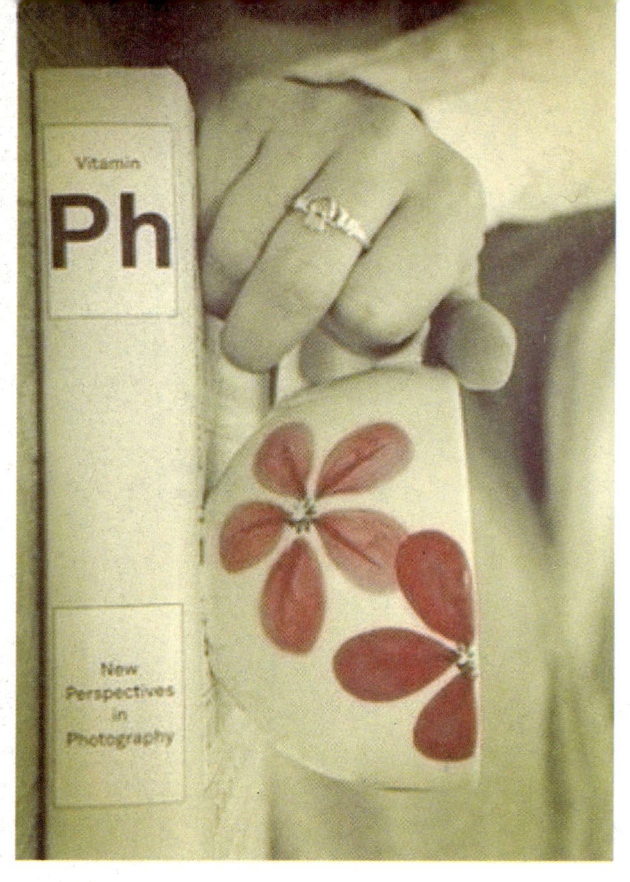
Vitamin
Ph
New
Perspectives
in
Photography

重回初心

我相信这世上所有的事情都是机缘巧合。

如果不是那天晚上梦魇一样疯狂地成为了一个芭蕾舞演员，如果不是梦到了那场在我眼睛还没能痊愈时候，费劲地看完有生以来第一场现场版俄罗斯芭蕾舞剧院的天鹅湖舞剧，如果不是妈发来催稿的短信，如果不是我周六在书摊跳蚤市场意外地淘到了一本不起眼的游记，恐怕，这些隐藏进了内心深处的最初的冲动，会被泯灭在各种生活的浮尘之下。

生命总会在有些时候，给你一个契机，吹散掩盖了初心的灰尘，如镜子一样，让你看清楚最开始你的模样。这个时候，你是瞬间呆滞还是心有悔恨，或者是满心欢喜。我不希望，在奔波和千回百转的改变里，丢去了最初所想，因为我从开始就没有认为过我的激情和冲动是一种不成熟，相反的，我认为我做的是对的，而我，也只是一个会对足够有把握的事情出现激情和冲动的人。

很少会有人那么有耐心地把一场数小时的歌舞剧里面的每一幕的交响乐插曲完完整整地听完了吧。我想在这个连视觉冲击都很难再换来人们一秒钟关注的时候，去听完数小时的交响乐里的每一个音符，简直就是天方夜谭，否则就是非听不可的音乐专业的人们。有时候也总是同样的感觉，总喊着自己很忙，却到头来不知道做了什么。我们总以为没时间消遣，没时间看一篇安静的文章，听一场音乐会，可是，我们却总能挤出时间来刷满屏的推特，微博，人人。这就像是一个蚂蚁怪圈，我们说着没时间，却看起来又是空虚得无所事事。

一个人也许能写出很多优美的句子，也能写出很多触动人心的感慨，却终究成不了一个走进心灵、流传千古的作家，为什么？一个音乐人能写出更多极棒的乐谱，能写出更多的歌词，但却还是难成大器，为什么？一个摄影师也许会有上万张精美绝伦，让人叹为观止的照片，但为什么仅仅只有少数人获得了黄框荣耀，还是不能与卡帕和布列松相提并论？我想，大概是，他们只是取了这些艺术里的几个比较好看的片段，却割舍了这是一个整体的存在。句子再美，孤单的存在，终究不能成为会行走的故事，流进人心，音符再悠扬，却还是单薄无力，照片再美丽，也终究是死景，只能静止地装裱，却不能展现一个故事，不能讲述图片背后的人情。这便是它们最终还是成了衣着光鲜的死尸的原因。

不只是单纯地表达了美，就是漂亮，就是杰作。更不是剑走偏锋专门出卖丑相，来捞取人们猎奇的心理就算成功。真正的艺术，是一种流淌的，经历千年，哪怕风霜，依然会在你展开它的时候，散发出层次多元的如同光束一样的震撼心灵的气场。

如果，贝多芬于你来说，仅仅是在高三作文里，讲述身残志坚的范例。那么，我希望你别听他的交响乐，更别告诉我他有多伟大。你永远不知道他会有多伟大，你所说的伟大永远都会是书桌上老师塞给你的参考答案，永远都会是无关痛痒的一句奉承。贝多芬不伟大，他只是履行了上帝交给他的责任，然后脱离了身体，用灵魂在音乐。所以，他根本不需要听觉，因为在他的灵魂里，每一个神经，每一个细胞都是捕捉乐音的最敏感的触角。当你开始明白，一样东西已经成为生命灵魂里的养分的时候，你便不会再着眼于一切外在的不完美。

也许我们只听得到，也只熟悉他的命运交响曲篇章。可是，却不知道，这第一号交响曲并不是他对自身命运的反抗，这是他写给法国大革命的音乐，是呈交给了拿破仑的交响曲，他呈交的手稿，是让整个法国宫廷都震撼的交响曲。他是唯一一个赢得了所有观众掌声的平民。我们都感慨于命运的篇章，那气势恢宏的协奏，可是，若只是抽出这一部分去听，贝多芬的杰作恐怕很难称为杰作。要知道，它最巧妙的地方在于，前篇全是一种沉闷而压抑的大提琴协奏，是毫无生机的，就仿佛是生命处在一种走投无路的境地。猛然而起的命运，正是在这种情况下，犹如银瓶乍破水浆迸的奋勇一泻千里。乐曲准确而生动地讲出了大革命的故事，风起云涌而不动声色的前期革命幕后策划，到那一天包围巴士底狱的一触即发，革命的火焰瞬间燃彻整个欧洲，这历史性的时刻，用音乐也只能表达成这样了，再也没办法超越和修饰。他不伟大，他听不见，却在用生命演奏。

如果你只听过天鹅湖的第ACT2 NO.13 DANSES号的四小天鹅序曲，请别说你懂柴可夫斯基，也别说你喜欢交响乐舞剧。音乐家的庆幸在于，他们的曲谱为后人流传不绝，而这也正是他们的悲哀，后人只记得支离破碎的片段，却不懂他们的表达。也许，这才是最孤独最悲哀的结果。莎翁用笔写多幕剧，写震撼世界的剧本，那么，柴可夫斯基，施特劳斯，就是在用音符写剧本。相比，语言的表述更容易清晰，更容易掌握，而用音符写剧本便难得多。兼顾管乐器、弦乐器、打击乐器还有配角乐器的各种音效特色，集中表达一场感情丰富，内容充实，比语言表达更为精确和动人的内容，这不能不让人叹服。我敬仰用音乐写诗的人，更敬佩用音乐写故事的人，他们沉默着，却让你在聆听时，心跳随着旋律的脉搏流动。写音乐的人不少，但能写出音乐故事的人寥寥无几，更别说这种不用歌词表达就演奏出故事的人。

我在想，诺奖的文学奖，是不是也应该交给他们。

我想，我应该庆幸的是，我生在这样的一个家庭里。一个让我在最早的时候听懂了音乐故事、一个让我自由地追随我初心的家里。我不免想起来很多年前，小提琴老师在我放下小提琴的时候给我说，也许多年以后，你就会像没学过小提琴的人一样，连最简单的音阶都不会拉，但是，你已经和他们不一样了，因为，当你再听到音乐的时候，你能感觉到像见到了熟人一样，你能透过音符，读懂他们的心里话。没错，我想老师说得对，也许当我和你并肩坐在维也纳金色大厅里听一场莫扎特的交响乐音乐会的时候，我会泪流满面或欣喜若狂，而你，可能会睡过去。

我懂，那用音符做编码的故事。

昨天，在书摊上，淘到了一本张千里和左手的游记。说实话，我并不羡慕书中所说的他们的爱情，我羡慕的，是两个人那种理智果敢的性格和对生活无论何时都充满希望的思想。没错，他们所实现的理想，正是我想要去做到的未来。我们始终牵手旅行，以我之文，配你之图，做一个善良的人，万水千山走遍，心安理得地寂静欢喜。文学，应该是一个人灵魂的维生素。而如今，我所看到的，文学像市场上兜售的劣质虚假维生素一样，光鲜的包装和华丽的宣传，却根本起不到营养的作用，长期服用，还有可能伤及身体。

过度包装的文学，就像是过度包装的垃圾，让人耳目一新，打开后却不得不掩鼻叹息。走得远了，走得快了，我们总是希望在最短的时间内获得最多的点击量，最厉害的转发量，为这些毫无意义和价值的数字，心满意足。陈词滥调的矫情和千篇一律的剧情在噱头和色彩斑斓的包装后，又能登上了年度畅销榜。我总觉得，这些畅销书的可读性和价值量越来越低，网络写手的视角也开始盲目为吸引眼球而各种扭曲，我们开始越来越不明白自己要读什么，要明白什么了。

总是有人说，读什么书好呢。

我不能回答你。因为你总觉得看前辈们的著作太枯燥，你总觉得看专业类的书太疲惫。所以，干脆，你不读书了，在脱离了学校教育以后，不读书也不会有考试不及格的说法，这似乎真的很棒。可是，灵魂会营养不良，会变得轻飘飘。在交涉和一次次沟通中，你开始不敢和大师正视，目光开始在闪烁，你开始吃读书时代看过的书的老本，却惊恐地发现，那个时代走得太远了，内容记不得了。于是，最后，你开始沉默，用沉默假装深度和内涵，却还是无法遮掩已经被蛀空了的灵魂。你轻飘飘地活着，不敢正视时代的瞬息万变，时代的车轮，也正轰隆隆地轧过你的头顶。

我听一个人说过，一个作者的文章，在他死后10年内都不值得去读。尽管这句话偏激，倒是也有道理。太速食的文章难免漏洞百出，经历时光的文章，才更醇香。

最后。

后人定不忘前辈之嘱托，不遗前代复兴未完之重任。内修己功，外克险难，终成大事。而后振吾辈之任。

就燃上一炉暖香。在冷掉的咖啡杯前，讲一个故事吧，在遗忘之前，让我把它放进空气里，在某一个时刻，如香气一样，深呼吸一口，仿佛一切都还在眼前。

如果不是看到了那个硕大的倒计时牌子处在广场的正中间，我还很浑浑噩噩地以为，这一年还很长，我的生活似乎才刚刚开始。实在很难在这寂静的深夜里码字的时候抽出一条清晰的思绪，把我这一年做一个平静的总结。故事太多了，场景太纷杂，以至于，总是很多次都在梦里遇见当初的我们，每次都会沉溺进去，不愿醒来。我知道，醒来之后，我依然还是两手空空，倔强地抬起头，过着似乎没有悲伤的生活。

我想，今年是我第一次离开家过的冬至，也是第一次吃不到姥姥家饺子的冬至。晌午的时候老妈打电话还提醒我说别忘了第二天吃饺

子。我想这大概不再是一种习俗，而是一种家庭聚合的纽带，借着这样一个历史传承下来的日子，找一个理由催远方的人回家，含蓄地告诉不在身边的人那种默默的，隐晦在心里的想念。有时候，明明想念着，却不说出口的隐忍，最是残忍。我记得，以前老妈总是很频繁地打电话，有时候总是赶到最忙碌、最不合时宜的时候，我总是很无奈没耐心的搪塞过去，还会在最后补上一句，妈，别总是打电话，我很忙。后来妈就真的不常打来了。可惜的是，自己又开始觉得好像突然间没了这吵人的电话，就空了什么似的。就像，以前我总觉得你很烦，很吵，很缠人，但到现在，却总会在突如其来的时候拼命地想念。我相信，人生是有时差的，情绪的频率错开时间，好像就是偏爱这种遗憾似的。

我知道这一年都发生了什么。 而再怎么说，再有 9 天这一年就不见了。那些发生在这一年里所有的故事，足够我写成十多本书，足够我坐下来好好地给你讲上好久好久。可惜，我太懒，不忍把它们写下来，又恐怕，说出来没人耐心的听完。

当我站在 2012 年踮脚张望如今这个时候，我以为会是最美丽的时光，我以为没有谁会有理由闯出我的世界，也没想到会有那么多人撞进我的生命。如果不是那一天我突然找到了以前的人人状态，我不会记得，去年此时很巧下了第一场大雪，我很高兴地和你一起放学回家，告别的时候还说，明天你就见不到我了，世界末日前我们一起私奔吧。你说好，然后抓紧我的围巾，好像是要勒死我。嗯，我还记得什么呢，记得第二天老班察觉到你勒死我的那一幕的时候，还狠批我不应该在最要努力的时候让任何人任何事情分了心。然后，我就在那天，在所有班级的老班在场的办公室里发表了我最为经典的驳斥扼杀少年时期感情的言论。对的，那个时候的我，不像现在的我，那个时候，我冲动，反叛，骄傲，执着。我以为，我想要的，都可以完美无缺地得到，我以为，我得到的，只要我爱，就不会消失。

可是，事实证明，那一切都不过是自己的自以为是罢了，再怎么说也只是自己的一厢情愿和自以为是罢了。不过，我喜欢那个时候的自己，尽管足够犀利的言辞让很多人对我的第一印象是冷若冰霜，不近人情。

我知道，对一个人的亲密就是，当你无论在何时看到通讯录上他的名字，你都能在第一时间，脑海中浮现出他的音容相貌，想到和他在一起的最愉快的时光，然后忍不住默默地就笑了起来。那一天，我还在跟权权说，你看，我现在看到你们给我发的文字，我都能瞬间想到这些话用你们的语气应该怎么说的。所以，即使不是语音信息，对我来说也是语音留言，因为太过深刻、太过熟悉那些一字一句。比如，你看，这些字要是用你的语气该说成什么，用铁吕的语气，用三叶草，用芳哥的语气说又该是怎么样的。对啊，时间久了，对每个人的记忆和印象就开始由以前的平面变成了立体，全方位熟悉了一个人。

我想过在这里，在这个学校会发生的事情，但是，却恰恰没想到，我们会这样收场。

总是会想起来，在3月份，自主招生结束，我回到学校的第一个晚自习，下课的时候，你找到我问我考的啥样。我说，就这样吧，也必定是没戏。我知道，那个时候，所有人都抱着投机和侥幸的心理，以为那么小概率的录取可能性，会落在自己身上。你说，就这样吧，你去哪里我

那天阳光明媚，你说去放风筝吧，我说，好。

就去哪里。我以为你在逗我,不过倒是蛮开心。毕竟,有很多小伙伴如果都在一起的话,真的没什么更开心了。于我来说,大学什么的,我真的不是太在乎我去了哪里,我知道,人生那么长,这不是终结也不是什么开始,只是要我们换一个地方继续追逐最初的梦想。我这种态度,被老师不知骂过多少次,不过庆幸的是老爹老妈倒是真的支持。也许,因为高二那时候我太坎坷,或者,超脱不过是绝望过后的借口。

说到现在,我还能记得 6 月,那两天在家里调整的时候,我不敢写信给你,不敢听奇怪的歌曲,更不敢听摇滚。说到底,我还是想去一个新的城市。这大概就叫作新鲜感和好奇心吧。我记得,最后一任同桌跟我讲,她死都要离开这个省,她说,如果考不出去的话,可能这辈子就只能在这里浮沉了。我说,那样不是很好么,熟悉的地方和熟悉的人。她严肃地看了看我,给我讲了让我瞠目结舌的故事。她说,你知道么,那些和她差不多大的女孩子,以前的初中的好朋友,有很多就已经成家了,孩子都很大了。我开始以为她在逗我,但是,她说,你知道么,我和你不一样,你去哪里都无所谓,因为你这样优秀,又有那么好的家庭,随时都可能拍屁股飞到国外去,所以,高考于你的影响力不大。而我就不一样,我身后还有弟弟和妹妹,我要树立个榜样,我要好好打拼,我离开这里是为了以后他们更好地出去。不好好努力,我也就只能沦落和她们一样,匆忙地嫁人了。我想,我现在还能很清楚地记得她给我讲的每一个字,就是因为,当时,我真的想把这些写成故事,写成真实的故事。你永远不会知道,你身后的人经历了什么,也不会知道他们的故事。世界就是这么孤独,总有一半人不懂另一半人。我想试图了解你,能不能就给我一个机会,让我倾听,让我铭记。

说远了。我想那些等待高考的日子，现在想起来只剩下如凝结在窗户上的雾水，仿佛轻轻手指一划，就会流下来豆粒大的泪水。考完英语，我以为我会第一个看到你，而第一个映入眼帘的人是老班。我还记得，老班就说了一句，煦然啊，英语一定没问题，回家让妈妈好好犒劳你，真的辛苦了。这就是，在高考前一周还在拎着我56分的数学卷子，说我要完蛋的老师，是那个把我批评了整整3个小时的亲爱的老班。我想起来电影里黄小仙说，如果大老王他还有气力骂你，那就证明，你还有希望。我以为，我会拥抱他，可是，我只是说了谢谢老师，就走开了。现在想起来，倒也是好的，毕竟，最后一次和老班说话，没有说告别，这便是还会再见面，还会再有机会补上这个迟到的拥抱。

我记得，最难熬的时光，是高考出分数的那一天。我不敢去碰那个网站，闭着眼睛查完了分数，尘埃落定的感觉。我没什么突兀的情绪变化，只是辗转反侧，感觉就这样一切都结束了。半夜趴被窝里翻空间，告别的告别，晒分数的晒分数，闹心，索性就关闭了网络。我记得，给你打电话，你说，很巧你也睡不着。我说，完蛋了。你说，正好，你说你报哪里吧，我8个志愿全报一个学校可好。我说，你在逗我，要不要我举报给你们老班，让刚哥弄死你。贱人如你，嘚瑟地说，你举报啊，反正毕业了。后来不知道说了什么，就沉默掉了，直到后来我们都哭了。从未如此感动过，无论多么难熬，都有小伙伴陪着，就算地狱，都一起去的。我想，那个时候最是容易情愫泛滥，可惜，就那样决堤，泪流满面。

这就是青春，告别了万众瞩目的高考，我觉得似乎青春已经过半了。挥霍过了半个暑假，我就飞去了巴黎。欧洲无线网覆盖得很棒，所以总能在晚上回到酒店的时候找到无线，然后迫不及待地登上微博和空间，告诉你我的行程，尽管时差隔开，我在写文字的时候，你正睡得很沉。

我记得很清楚，那天在博洛尼亚的时候，夜晚1点才回到酒店，意大利酒店的无线总是被密码裹得严严实实，于是，我就蹩脚地看着满是意大利文的说明书，用英语重复着问店员无线密码。很奇怪，从来没有那么依赖过一种东西。我想，那是我最快乐的日子，也渐渐坚定了我有一天要故地重游的信念。很多人都说，你去吧，有理想就去捍卫。我知道，这没那么容易，所以才会在一次次决定递交offer的时候，抽回伸出的手。我难以割舍的，不仅仅是这些熟悉，更是一种说不清楚的留恋。值得记住和拥有的人，那么多，我真的害怕，我一个转身，就真的什么都没有了。再坚韧的人，其实也害怕那种孤立无援。

我想我还是太过于自信，太过于自以为是。总是想把最骄傲，最坚韧，最卓越的自己展现在你面前。所以，我一次次地把自己当成一个铁人去做。我拒绝所有贪婪在你身边的时光，我拒绝了我本心所想，我否认了所有喜欢。你说，我疯掉了。我骂你，你没有理想，自甘堕落。现在想起来，当初站在这里的时候，我就真的像脱缰的野马，对什么全都是好奇，什么事都要插手，仿佛我真的可以举世瞩目，尽管孤独一人，还拒绝一个人的陪伴。这一切都不如我所想，尽管如愿以偿地站在一条路上，可是我踮脚张望着另一条路，你站在原地。我曾想过，有时候，爱情就像是柏拉图的麦穗定理，你永远以为，前方有最大的麦穗，所以一路上对身边的麦穗视而不见，可是，到最后，走出麦田，才恍然发现，原来自己还是两手空空。可惜的是，我弄明白这些，事情早就过去了很久。

不过，就算这样，我丢了你，丢了一个麦穗，我也好好地过着。尽管我在深夜也曾痛哭过，差一点就打电话给你，问你留下来好不好，但，每次都会转个身，倔强地撇撇嘴，自言自语地说，这不是我的风格。我喜欢，我还是喜欢自己的犟脾气，尽管你说你受够了这种犟。我不否认，有时候日子真的就像是没法过了，也真的差一点就蹲下来痛哭一场，但这一切，终究还都是差一点。人生尽管险恶，尽管孤独，我还是相信，我有一种力量，努力地好好过。我就是总能找到一个理由安慰自己，如你所说。我想我们都不会是平凡的人，毕竟，我有最崇尚的理想，你有最美好的追求，这一切都足够了。

就这样吧，过度念旧不是我的风格，尽管我们的高中很美好，我还是更爱现在一点。

一个人和一个人待久了，就会和他越来越像，最后连说话的语气，动作，眼神，习惯都会变得一样。

如果，没有模联，我可能很难认识你。尽管我曾经也在听摇滚，只是没有那么频繁和关注，遇见你以后我就开始关注。人生中，总是需要那么一些能给你正能量，陪你犯二，让你彻彻底底开心的朋友。我想，权权你是。我也开始了半夜在被窝看暴漫，一个人嘿嘿笑得像个弱智，也开始跟着摇滚一起摇摆，也开始了和你越来越像，连语气、动作都越来越像。很久很久都没有过，那种自己一个人坐着想着一个人，想着一些事自己就傻笑起来了。而我做到了，总是会想起你、铁吕很多很多FAD的少年们和我们经历的事情的时候笑出来。

我知道，你的理想是成立一个乐队叫毛线，我想，这个想法会实现的，我们帮你一起实现吧，有梦想，就一起捍卫它。也许，在未来的某一天，我就能买到你乐队演唱会的门票，到时候，我一定会抢到VIP座，嘶声力竭地跟着旋律大声唱。

生命永远是公平的，让你离开一些，遇见一些，正所谓，无告别，不迎新。

那个和我一起说Ciao的孩子，住在我对门寝室的少年。我想，人生再孤独，也要一起同行。有时候，敢于放手，敢于遗忘，才能开始最好的。

人生无大事，只要活着。会不会太凛冽了点？不过，我还坚信着，从初中就喜欢的一句话，只要打不死老子，老子一定还会再站起来。这是东京审判里的一句话，每次看到这句话，心底都有什么颤动了。少年，少年。

现在总是听到一些你们曾经唱过的歌，或者听过的歌，就会想起你们。比如，权权，你的歌是，伤心的人别听慢歌，那谁，你的歌是新不了情，你知道么，我第一次听你唱这首歌的时候，真的哭掉了，尽管你不知道，尽管永远都不会再听你唱了。

我早就不知道为什么要写这个文章了，也不知道自己到底怎么了，无论怎么写，都无法真的写出来自己想要的感觉。废话太多，故事太多，这暖炉香已沉尽，故事可能都还没开始，原谅我情不自禁的赘述，我想表达的，还是待到安暖写完整吧。我希望你懂，亲爱的你们都懂。

如果没有你们,我不敢想,生活会成什么样。感谢有你们,感谢你们丰富了我的名字,荣耀了我的生命,像人生深夜里的繁星,让生命永远温柔而绚烂。阑珊处,灯火尽了吧,繁星照样照亮一片通途。我不怕回首不见他,只怕转身没了我爱的你们。

只是,我一直忘了说,你们不知道,于我来说,你们有多重要。

一直都忘了说，于我来说你们有多重要。

秋天的反义词是春天

再好不过的生活，无非是有自由支配的时光，有喜欢做的事情，有不多的几个可以在一起很久的朋友，有一份纯净的感动。

我想，我很幸福地有了这种生活。尽管我无法操纵我生活中的意外，但是，只要想去放空一份心情，每一天都可以有一笔不错的自由时光。便是这样就好。

MUNC 结束到现在，大概是有了一周，总觉得这一周过得很艰苦。慢慢地一点点地沉淀出所有的情愫，我才敢安静地捧着电脑码字。中间有多少的情绪失措多少的孤注无援，还有多少的意外和感动，多少的艰苦卓绝，在现在，都成为我生命轨迹上的足迹，点点墨墨，填充了一张单薄的生命。

我相信，人的情绪总是一条不定的COS函数图像，在极尽紧张和压力的兴奋之后，会转而跌入落寞和崩塌的边缘，但是，生命依旧，每一次濒临绝望的瞬间都不曾真正地死亡，在体尝过最难熬的黑暗之后，一定会在下一个数值处腾跃而上，满血复活。我想，我总是这样，起落反复，但从未倒下。

我记得，最难熬的时光是那个周六的下午，MUNC进行到S2时。会议白热化地焦灼着，没完没了的Motion似乎要延续到恐怖而未知的未来，纷飞的Page来来往往，冒出一个个尖锐而不知从何说起的问题。我用蹩脚的英文字母，拼凑着不完整的话，局限的词汇像软肋又像死穴，汗像过云雨一样，冒出来又蒸发掉，指甲咬掉了一块又一块，挣得手指生疼。 每一次动议发言名单结束，都会空空荡荡地难过，没有找到完善的Bloc，没有措辞的发言，空洞苍白的WP，似乎，一切濒临崩塌。

人是会知难而退的。这不是人性的弱点，这是人类的共性。就像婴儿试图站起来但总是摔倒一样，每一次摔疼之后，都是心里的一次退缩。没有喘息的会议，成为一种窒息的压力，提交时间的DDL像一条绞刑锁，我已经有决心将脖颈钻进放弃的死刑架了。

我早就忘记了后来为什么没有选择放弃，可能我本就是个不见棺材不掉泪的人，就算最后粉身碎骨的失败，自己也一定要亲眼目睹。曾有人说我这叫心理变态，在能选择让自己好过一点的时候，偏偏固执地要去折磨自己做出最疼痛的选择。但是，我觉得，我就是这样的一个人，我始终坚信一句话，做自己认为对的，就够了。与其说不去追问结果地舒适离开，我更愿意蹭破头皮疼痛地看一看最后的结局。这并不是说结局对我有多大意义，而是，我真的无法接受一个仓促潦草的收尾。

我喜欢认真的开始，所以，我想给自己一个认真的结束，不管这结尾是催人泪下还是欢呼雀跃。活着，过程是自己的，结果是他人的，大可不必为一场结局去委屈了最本真最开始热情澎湃的自己。

华生说，你，你就是那个永远孤注一掷，傲骄独行的夏洛克。福尔摩斯说，我相信我自己的直觉。有时候，有些路，被丢下来孤注一掷，孤立无援地去，走并不是一场不可接受的灾难，而这恰恰是一种强大。只有摆脱了拐杖，抛开了别人的双手，才能真正学会走路，才能称得上是一个独立的人。生命的席位永远只有那么多，上帝不会再给你配一个助手，陪你走过你不想走的路，替你做你忍受不了的事情。要知道，我们都一样，自己忍不下去的事，其他人一样忍不下去，这不是一场足球赛，每个人有三个替补名额，人生，注定是一场一个人孤独的修行。修成正果的人，一定曾像死过一样的浴血奋战过，只是，最后，这些血红的经历，只换了他们淡然的一笑，然后一句，哦，其实我也一个人而已。

我相信，我是个足够坚韧的独立的人。所以，在绞刑锁锁上的刹那，我抽出自己脖颈，我活着，就不应该在活着的时候选择死亡的生活。所以，你们还会看到一个窘迫词穷红着眼睛的印度代表慢吞吞地发言，其实，那个时候的自己，已经紧张得不得了。少年的手指一直是颤抖的，所以她从来不拿着稿子，少年的声音会颤抖，所以，她把每个单词都讲得很慢。少年少年。她只是想看看能成什么样子的结局。

我想起来，曾经秋秋给我讲过，她说，你知道么，我每次讲话声音突然激昂，语速变快的时候，一定是我害怕了。是的，有时候是的，她的确会把自己的柔软裹进坚硬的语言里，把自己装甲。而当一个人开始在最难熬的时候，选择减速度过，才是真正成熟了。有时候淡定是一种装甲，却拥有了更加强大的心理背景。

就这样，少年结束了她最难熬的时光。挤在热闹的人群里，也就突然地沉默了，空荡荡的灵魂，疲惫不堪，将眼泪丢进最深的黑暗，然后继续往后的生活。

从来不后悔自己的任何决定，这是我自以为自己最好的性格。因为，我永远信奉着一句话，只有足够优秀的人才值得拥有足够优秀的一切。那么，现在的我不怕弄丢很多东西，大抵是我觉得我依然是个在最底层跌打滚爬无法承担生命之奢华的人。所以，我很淡定地选择分开，选择离开，选择结束，一点不是不懂得珍惜，而是，我觉得如果想拥有最好的，就不应该在条件不成立的命题下去证明。如果有一天，我成为足够优秀的自己，这些我现在难以取舍，这些我无从下手的命题会水到渠成地被完美证明。我不怕等，只是怕自己在时光里丢掉了一直新鲜的思想力。

结束了 MUNC 之后，我想它于我的意义远远不止是一场会议，最重要的是，它再次向我证明了我的信条，坚持是这世界上最美好的品质。

捧着满满一口袋的明信片，煮着一壶咖啡，慢慢在这个午后酝酿着措辞，记忆不断倒转不断延伸。想起了去年这个时候，我们那群苦逼的高三党正纠结着没完没了的模拟考试，四处打探着各种自主招生的消息。那个时候的我们，像是一朵蒲公英，紧紧地站在一起，却各自努力地眺望着更远更远的地方，一心想着逃去远方。到现在，我还记得，同桌给我讲，她死都要离开这里，要不然这辈子就真的死在这里了。结果，她真的如愿离开了这里，去了广州，去了她以为她会满意的远方。这个夏天，就像一场大风，把我们这些蒲公英们一个个都吹向了不同的地方，吹得分崩离析。和同学煲电话粥，他说，那时候自己想着能跑多远就跑多远，现在，一心只算着还有几天回家，还有几天才能见到你们。我笑着说，让你小皮犯贱，当时留下来不好了，何必嘚瑟。

现在，我们身后又有多少孩子们和我们当时的心态一样，一心想离开家乡，却不知道，走遍千山万水，诅咒过多少次故乡的差劲，还是舍不得那个被我们已经骂烂的老地方。好孩子们，加油，有那么一颗远行的心是最好的，说明了你们还年轻着，还时刻准备着去搏击远方的波涛，而我相信，能有一颗远行的心就一定能辉煌地归来。

我记得，开学前，我托同学写了一副字给我，就写着："埋骨何须桑梓地，人生无处不青山。"何必顾虑，年少若是没有一颗果断的心，恐怕，枉了这场青春。

时常会弄丢东西，每次都寻找得翻天覆地，若是找得到，自然开心，如是真心丢掉了，便会很久不开心。而最兴奋的事情无非是一个自己以为永远都不会再找到，再也不会有交集的人，在某天突然被找到，站在面前，微笑如初。这次终于抓到了，都销声匿迹了很久的少年，唯恐再消失掉，少年说，一定不会了，要不也不会被抓到。这应该是一场戏剧的桥段，可是却那么真实地存在着。人生如戏，从来都没有错过。做最好的自己，迟早一天会完好如初的故景。所以，别为失去的惋惜，继续生活，在兜兜转转之后，或者，也许下一个空间里，就会看到熟悉的影子。

好吧，岔开了好多话题，拉回最开始。

我庆幸我还有着这样一些人，我爱他们，他们是可以恒久的小伙伴们。

可能，再也不会有那样的场景，四个人晚上10点还在路口垃圾桶旁边喝奶茶，没有节操地笑，形象尽失地推三轮车，嗷嗷着每天都洗白白的权权，一直在路上的铁吕快递，吃一袋子馍还要带走的西班牙代表……如果说，我们都真的认真了，能不能就别分开了。一直都很怕告别的场景，即使自己每次都能很无表情地走过，但是到底要经历多少次分离，才能有一次不分开。那么，就算挥手再见，那能不能温柔对我，轻轻地告别。

常有人问，你怎么会选择来这里。一开始不懂得怎么回答。好吧，那么现在，我想认真的回答。

只是为了遇见你们。认真的爱你们。

——安暖

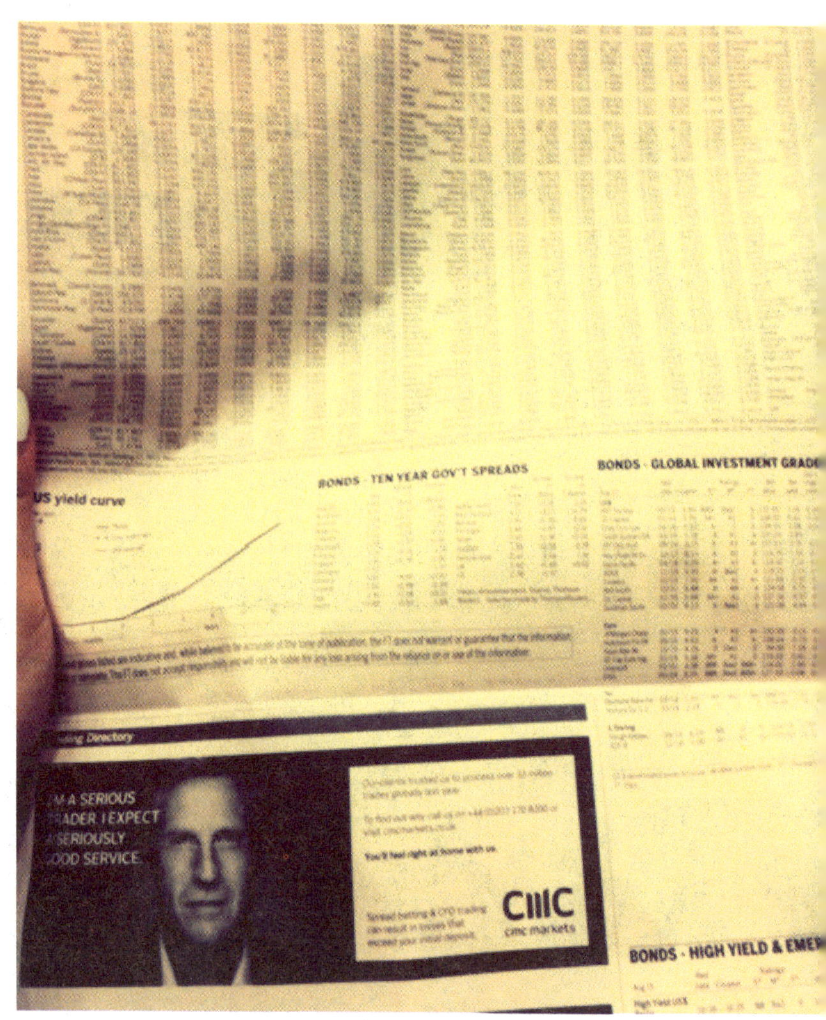

也许我们经历过，也就再不后悔我们在经历中所受的伤。

What we invest
Comprehensive Commercial Skyscraper
Structure

如果说，我们都真的认真了，能不能就别分开了。

遇见只为认真爱你们

故乡赞

九州之中，牵象之地，
大河滔滔，尽收眼底。
华夏生机豫中来。

请您舀一瓢我深爱的母亲河水，
听，我给您讲故乡的壮美。

名山怀抱，大河滋养，
锦绣中原造化人杰地灵。
伏羲祖坐北朝南，
创下人间百姓，
寻根问祖，还到淮阳。

战国风云,诸子百家齐争鸣,
风流人物,儒道墨法共论辩。
韩非,商鞅,吴起,张仪。
睿智非凡,风流倜傥,
中原文化举世无双,世人瞩目。

黄河脚下巨龙成长,
中原大地古都之王,
是龙脉的继承让这里的土地炙热,
是文化的成长让这里的人们质朴。

老家河南,
一个亲切又淳朴的名字,
无论你在河南的哪个城市,
都有我大美河南的印记。

九州圣迹,龙都周口。
请您翻开泛黄的道德经,
静静聆听千年之前,
在这片土地上,老子的忠言劝告。

回顾抗战的血雨腥风,
我们忘不掉从这里走出来的战士吉鸿昌,
同仇敌忾,这里的战士视死如归,刚毅不屈!

六朝古都，热土商丘。
回顾华夏历史，多少帝王钟爱于此，
遂人，王亥，商汤，微子。
木兰从这里出发，代父出征，
昂扬阔步，告诉世人，谁说女子不如男！

旅游胜地，极美济源。
济水的滋养丰美了这里的图景，
愚公移山的执着，是这里久传的佳话。
女娲补天的忠恳，是这里不灭的神话。
愚公之都，济水之源，
集天下之美，唯我济源！

文化名城，帝都濮阳。
上古帝王，颛顼定都，
青铜文化，由我发扬。
让大河的交汇滋润我厚实的土地，
华夏帝都，风流永在。

诗河穿境，诗意鹤壁。
风雅颂的古风在这里飘转，
蒹葭白露，呦呦鹿鸣，
乘着古风古韵的扁舟，
在这里畅游中国的诗情画意。

站在山巅，俯瞰中原大地，
我们看得见四季的美景绽放不败。
我们听得见来自历史的久远传说，
我们嗅得见这故乡令人馋涎欲滴的美食，
我们更感受得到，
在这片热土上生活着的那一群群善良纯真的人们。

他是战士，奋斗在保家卫国的前线，
他视死如归，在灾难的面前毫不退缩，
他用生命换取更多人的生存，
他死了，但武文斌这个名字却活在了每一个人的心中。

他是男人，是撑起一个家的顶梁柱。
责任是他身上的筹码，
孝更绝伦足可矜。
他用身体力行的朴实，阐释新时代的孝道。
没有噱头的名字，他只叫谢延信。

英雄不为感动谁而去做出选择，
英雄的选择从来都是为了应该做的事情。
河南人感动中国，
而每个河南人优秀的品质
也都折射在每个中国人的身上。

河南是一本厚重的书，

这里的历史记载着中华民族的轨迹，
这里的粮食哺育着中国人民的血肉，
这里的荷，菊，牡丹，象征着华夏人崇高的灵魂。
您要读懂它，
需要您的一颗平常心。

当流言蜚语铺天盖地的时候，
河南人用宠辱不惊的性格，
默默承受着，奉献着，
用着最淳朴的笑容，最真挚的行动，
彰显最伟大的人格。

我的故乡，是河南，
爱我老家河南，
爱我河南家人。
河南人，中！
河南，中！

等一等，就不疼了

把被子从阳台收回卧室的时候，由于被子挡住了视线，一个不小心，脚趾便硬生生地撞到桌子角上。那种疼痛，让我瞬间睡意全无，龇牙咧嘴，丢盔弃甲般地甩掉被子，捧着脚趾，唏嘘。眼泪都差点掉下来，仿佛从来没有过的那种新鲜活跃的疼痛感。我妈见我龇牙咧嘴地疼，只微微说了一句话，等一等，就不疼了。

我一边揉着脚趾，一边感觉老妈说风凉话的扯淡。

不过，片刻以后，便又是完好如初。仿佛失忆一样的又忘记了刚刚锥心的疼痛。

果然，等一等就不疼了。原来，时间除了能缝合伤口，还可忘却疼痛。

像不像生活呢。

人活着，就好像在行走。有时会有意想不到的阻碍和暗器出现在路上，也许，某一个时机，便不偏不倚地正中其身。疼，固然是疼的。那种感觉从神经的最敏感的部位发射而出，直蹿胸口，那一刻，仿佛疼痛没有尽头，仿佛坚强决堤。可是，暗箭虽有，但只伤在脚底，不足以致命，这便是好的。既然不足以危及生命，这疼痛又何求难过?揉一揉，等一等，时间便如一记吗啡，治愈了疼痛，也让人忘却了那个痛。

像不像爱情呢。

在最无防备的时候，遇见最意想不到的伤害。那一刻，会是像万箭齐发直插心脏吧。疼得让人往往会喊出最绝望的语言。撕心裂肺地哭喊自己的不幸和命运的残忍。仿佛，天崩地裂，从此再无明亮之日。或者，暗暗地发誓，从此不再如此狼狈，或者，感慨这一定是此生最刻骨铭心，最不可能忘记的疼痛。但是，当自己迷迷糊糊地在眼泪中睡去，时光又默不作声地绕过一圈的时候，蓦然回首，在那最远的生命里，也许还能看到浅浅的一抹伤疤和泪痕。却再也想不起来，再也拟不出，过去的那一时刻，那一个让自己惊心动魄、柔肠寸断的疼痛了。

时间过去，尽扫疼痛。

我们那些曾经以为再也无法坚持的坚韧，在安静的时光里也终于走出了好远，直到有一天，我们回头去看，惊讶地发现，那些我们以为不可能再坚持的坚持，居然那么伟大地坚持到了现在。

那些我们以为可能永远无法恢复的伤疤，那些永远不可能忘记的疼痛，也终究在时光的潮涌中渐渐没了踪迹，成了我们的笑谈抑或是那些我们拼命去回忆也抓不来的过眼云烟。

还有那些我们以为永远都过不去的事呢，同样，在自己含泪的等待里，与我们默默地渐行渐远。

疼痛，期限并不长，往往就像丢石子进湖水里激荡起的波纹，最开始的时候最难平复，而渐渐地便趋于平和，最终又重新恢复以往的安详。

时间，一定会让疼痛淡化。所以，在最艰难的时刻，请记得，“等一等，就不疼了”。

一首歌的时间

他把耳机递给我，里面悠悠地响着一个旋律。

他说，这里歌词这样唱：我喜欢拖你的手，幻想天长地久。

他眼眸深亮，我笑着看他，摇摇头。

后来，他走了，来了另一个人，他把耳机塞给我说，这里有一句歌词这样唱：无论是星星的闪烁，快乐的生活，都要主动伸出双手去掌握。

他的笑意灿然，我点点头。他牵起我的手，走开一场新的风景。

有时候，也会去想，为什么是后者，如果是前者，这段风景又会怎样。

直到，最后。

在浑浑噩噩的阴天里，不知哪里的窗子里飘出熟悉的旋律，这次，歌词里这样唱着，故事尽头，总有告别的时候，千言万语上心头，要怎样开口。

我笑着落泪，撕碎那封来自他城的书信。

故事到这里就结束，原来，我们都忘了，在这自以为是美好的音乐里，还有着这么残忍的一句话。是不是我们都需要一首歌的时间，把故事听完，把话讲完，把感情挥霍干净。

我想，他说得对。自己总认为的无法承受之痛，也许比别人的痛还要好很多倍。是谁又说的呢，记住那些我们曾认为的无法承受之痛。反正是痛苦，那么就请享受这无法回避的痛苦吧。

④

你的眼泪一抹无邪

2013届老谭的班

心静如水，正如两天前在家里闭关的感觉一样。

连续两天面无表情地走进考场又走出来，几乎没有人从我表情里看得出什么，以至于到现在，我还是没有表情。从没想到过，这个我从小就设想羡慕的时光在今天真正到来的时候，我这样心无波澜。

3年一晃就过了，像一场悲喜交集的梦。只不过，梦醒来之后，眼泪也好，笑颜也罢，都只能通通地丢进梦境，从梦醒时分以后，我们不再带走梦中的一切，开始了崭新的征途。在这个几乎所有人都在觥筹交错的庆祝解脱了地狱的时候，我在阳台的躺椅上看着渐渐暗淡下去的天空和渐渐华灯初上的街道，听着吉他的独奏，不禁心凉万千。2013年注定是一个不平凡的年份，这一年，我们铭记了太多，见证了太多，经历了太多，遗忘了太多。

2013年,拜仁三冠王。我熬夜看了比赛,第二天若无其事地参加最后一次模拟考试。

2013年,梁梁跑去了澳洲,小学的后桌同学移民加国。我开始学会计算他们的时差,默默地记下自己的剑桥梦。

2013年,赌气地跑去考IELTS,结果差强人意。

2013年,收获仁迷们巨大的支持,从绝望的谷底重新站起来。

2013年,在晚自习偶尔偷偷写安暖的小说,这个我虚构的人物,一点点地陪伴着我,温暖着我。

2013年,我跟同桌骂人骂得很狗血。

……诸如此类。太多。

播放器在循环播放wedding bell的吉他独奏,夏夜的夜空开始繁星闪烁。我总是会在这个时候,想念一些东西。仿佛闭上眼睛就可以梦回过去,像一场穿越。曾经所说的,未来远得没有形状,可现在未来真的触手可及,仿佛,下一秒,就是另一个天堂。

去年这个时候,我在想,下一场战役里,我该以一种什么样的态度和心情接受。那时候,内心是无比憎恶中国式高考的,所以,那一年,我整整有很长时间都不在状态,也就是在那个时候,我开始抬头张望这个世界,开始接受A Level、GRE、SAT各种奇形怪状的考试,开始审视这个制度的弱点，开始写信给有共同志向的同学，也就是在那个时候，我邂逅了 Dr. Liu，让我浅浅地埋下一个异国的石板雾都梦。开始千万次地梦见徐志摩笔下的金柳康桥，夕阳新娘。有时候，很多个偶然的机会，往往很必然地撞开你人生里的迥然不同的大门。

今年此时，犹忆那一年彼时。我看过一本书，书名叫 Been there, done that。翻译过来就是此时，彼地。也就便是站在这个时光的水涡里，做着逝去时光里的动作罢了。

从考场出来的时候，人群散发着躁动的气息，压抑不住地激动，我看到人群里有人尖叫着，有人蹦跳着，有人泄愤地把文具书包课本丢进天空，撒来满地的花白的纸片。我看到无数人的拥抱，告别，眼泪……溽热的下午，气氛像是一场盛大的胜利。我是在拥挤的人潮中看到老班的，独具特色的朴实，在浮动的人群中格外显眼。陪考两天，老谭一直与我们同在。无论你是在写作文写得洋洋洒洒，还是在为一到解析几何绞尽脑汁，焦头烂额，想想，他都在考场警戒线外，带着质朴的笑容，耐心地等待着我们勇敢地冲这每一关。人生是一场孤独的战役，所有的关卡必须走过，又必须是自己去走过，但最重要的是，在你冲锋陷阵的时候，还能在最艰苦的时候想起，你的背后还有一个人耐心地等待着你的凯旋，不离不弃地照耀着你的前路。孤独不可怕，内心没有支柱才可怕。

我记得我看过的电影，v 字别动队。那个 v，就是一种精神，即使一个人独临万千人包围射杀，但是，不曾倒下，他只说一句话，精神永远不倒。

还能想起高中最后一次思想班会。统一思想，统一行动。我们可以输分数，但不可以输志气的决心。这一年，老谭的班，刻骨铭心的东西太多。

不知道什么时候开始的喜欢在课桌上用铅笔涂鸦，写一些不着边际的话，或者一些说出来都会让自己感动的话，像虔诚的信徒一样，小心翼翼地写在课桌上，担心会磨损，便又在字的上面贴上一层透明胶带。我知道，我最开始在课桌上写文字，纯属泄愤，写的第一句就是，“fuck you 高考！”后来，后来，这个桌子不知道在一次次布置考场的流动中跑到哪去了，总之，我知道，那个时候，那张桌子记录着我最偏激的时刻。然后，课桌又开始成为同桌之间的留言板，比传纸条省事，写完还可以用橡皮擦去，用手一抹，继续老老实实地看书。有时候，也会写一些歌词，写一些掏尽心思想激励自己的话。

我最后的日子里，我收去所有的偏激，开始正视我将要面对的考验时，我在桌子上写下了两句很狗血的歌词，一句是张国荣的，一句是黄家驹的，“我就是就是我，是颜色不一样的烟火”和“原谅我这一生不羁放纵爱自由”。真的是太着迷 80 年代的粤语歌了，以至于，我再不舍得跟谁交换我的课桌。我也渐渐明白，我这朵颜色奇异的烟火，存在着并不一定就是为了转瞬即逝化成炮灰，而是真的就是为了让着黑暗的夜空记住我的颜色，让这个世界因为有我的存在而有一点不同。

昨晚跟同学煲电话粥，谈了很久。他说，我觉得你现在的性格和初中时简直是翻天覆地，惊天地泣鬼神的转变，我记得那时候你是三天两头都要以泪洗面的人。我听着，笑而不语。其实，我知道，是一年高三让我真正地成为一个坚韧、不绝望、不泄气、保持乐观的人。让我，终于明白以前总是噱头的坚强的含义。

我这一年，有一个封面并不好看的本子，本子质地也普通到不行，但，那里我抄写了上百篇毛泽东诗词，那里，我抄写了几十页的圣经和秋瑾的诗，我写下了不计其数、掏尽心思、挖空脑髓的自勉的话和每一个普通的人对我说过的勉励。所以，有一天，我再次翻看的时候，自己都不由自主地流眼泪，我真的竭尽所能去喂养我这个营养不良的精神了，凡是能拿来支撑我走下去的东西，我都试着用过。我知道，不放弃行走就是人生最大的胜利。

雄关漫道真如铁，而今迈步从头越。

埋骨何须桑梓地，人生无处不青山。

平生肝胆，因人常热，俗夫胸襟谁识我！身不比，男儿列；心却比，男儿烈。

一腔热血勤珍重，洒去犹能化碧涛。

我自横刀向天笑，去留肝胆两昆仑。

血书也好，打油诗也好，它们都在每一个黑暗的深夜，让灵魂再次充满勇气向前走。

老谭，这个被我们全班视为男神的完美男人，真的让我们学会太多。如果说，2013年重新来过，你最不愿改变什么，我想，我就一定会选择，在老谭的班。我也被他批得片甲不留，颜面扫地，被他教训得哭泣不止，但漫漫求学路，谁不错两步，谁没被感情冲昏过头，谁没被感性战胜过理智。这个时候，一记响亮的耳光，未必不是件好事。因为爱之深,所以责之切。当然,我想明白这些,也是过了很久之后。也就是这样迷惘,被惊醒,深思里,我渐渐收起自己的偏激,收起偏执,学会中庸地面对不可避免要面对的东西。

同学问我,为什么到最后彼此还是成了路人甲路人乙。我只笑着说,只是最初的我们,都是偏执狂,不懂得中庸和将心比心。

感情的口子一旦撕开,时间只会让它不痛,但时光中的风吹,却让它永远不能愈合。

所以,怀旧当然不是错,但如果一直活在过去,你就将错失当下手中所拥有的和未来道路上将拥有的一切。得不偿失不是么?

老张在一次给我们上英语课的时候,他说,经历了高考,你会发现,再难的东西你也都能学会。

我真的赞成他这一句话。没有经历过这一年的人,不会明白,这一年里有多少奇迹每天都在发生,又有多少辛酸每时每刻都在上演。昨天回家的时候,楼上的小正太的妈妈问我,英语怎么学啊,小正太也想考雅思的啊。我想都没想,就说,用你上高三的精力去备考雅思。

的确,这一年,教会我们的知识,真的微不足道,而真正让我们受益匪浅的是它教会我们对待人生和处理事情的态度方法,还有,坚毅是人性中最伟大的品质。只要你想,就别说梦想太远。

这一年,我们毕业。不知到多少年之后,你还会不会记得,在每次路过窗明几净的教室时,你偷瞄的那个靠窗座位的干净明朗的男生,还会不会记得,一起疯狂傻笑的那条路,还会不会记得,是谁把你从最绝望的考试失利中拯救出来,又是谁,说过那么多奇葩但极富哲理的话,还会不会记得,谁借了你耳机听音乐,谁在你玩手机的时候帮你望风,还会不会记得,谁是那年班里最没节操没下限最猥琐的那个人。

有时候总是会盲目乐观的,拜仁夺冠那晚,我高调地叫嚣着,我日观气象,夜观星象,只见东方有紫气缠绕,皆成龙虎,今年高考必火。

时钟是最客观的见证者,它不紧不慢地把我们一个个甩到时光的另一岸,如今只能隔岸观望那一个我们其实刚刚离开的天下了。

也许,时过境迁之后,我们会恍然发现,自己这么多年最常用的古诗句古文篇章,都是那一年我们起早贪黑背得滚瓜烂熟的,这么多年自己还有记忆有印象的圆锥曲线、函数导数、立体几何,也都是那一年我们拼命验算的。那一年,我们所有厌恶的,都将在未来的某个时刻熠熠闪光,散发出亲切的光芒,让你觉得,这么孤独的路上,还有亲切的光辉照耀。然后,你终于可以骄傲地说,没有上过高三的人不足以谈人生。

最后。

走了,走了,长大就是这样。告别一段,迎来一段。忘记,铭记,如此循环。但,无论走到哪,别忘了2013年,这一年,我们在老谭的班,我们有一个共同的名字,老谭的学生。

酬壮志
攻读誓創雄关

忽梦少年事

人生是一个按 18 进制计数原理构成的等式。

——记我的少年事

回头是 17 载的悠悠流水，浩浩汤汤，横无际涯。抬头是未知年载的茫茫大地，隐隐约约，模糊不清。我就站在这样一个一半分明一半模糊的界限里，像站在月台的黄色边线边，面对疾驰而来的青春列车，预备着抬脚登车。

我时常会想，一个人活着一辈子，着实是不容易的，那么惊心动魄。

我用眼泪终结我的 2012 年。形式主义地过一场生日祭礼。2012 年，17 岁这一年，于我印象太深，也意义深刻，似一条函数的拐点，凸凸凹凹地打翻我的人生色盘，硬生生地把我生命的轨迹掰扯回来，如火车变轨，至此以后，我走向另一个方向。那一年岁，眼泪最多，心酸最多，坚韧也最多。也正是那一年，让我目睹了自己的生命张力原来可以那么大，可以跨越死亡和希望，从希望的山巅忽而跌入绝望的谷底。

我记得，在最无助的深夜里，站在窗口，脑海里一直在吟咏一句话：“上帝呵，你怎么可以用双手遮去一位诗人的一只眼眸，上帝呵，你又怎么可以剥夺贝多芬的双耳，拿走梵高手里最后一张画纸！”我也曾在很多时候为自己骄傲，因为我知道，我离上帝很近，他的双手就在我的眼前遮掩。只要我闭上眼睛就看得见上帝脉络清晰的掌纹。我只想用苍白和悲壮来形容我17岁的那一年。我的这一年，不是灿若春花的缠绵，不是阳光明媚的人间四月天，而是平沙莽莽苍黄入天的马革裹尸，是一场生命张力与黑暗的残忍决绝的战争，是我生命见诸各种生命之上的一种凛冽。

有很多他们，浓墨重彩地出现过，在这一段艰苦卓绝的岁月里，让我不止一次地燃起力量去试图推开上帝搁在我眼前的双手。我感谢他们，虽然最后我徒劳无功，虽然最后都与你们无疾而终，但我想，我的掌纹里坚决的刻度，已经深深印在了上帝的掌纹里，你们的故事，也深深烙进了时光的纪念碑里。这次，我们的纪念碑，不是为了纪念的忘却，不是为了忘却的纪念，而就是为了纪念的铭记。

你说，陈奕迅，林夕。

那时候，我透过教室狭小的窗口，看到被阳光炙烤褪色的苍白的天空。

那些日子里，干燥到枯萎。可惜，我知道，有一种人，有一种哥们，如你,会灌溉我干涸的希望,给人以一种莫大的安慰。

也正是那些日子里,我学会在一个本子上记录下daily English,你会写一个共享的句子来,我会默默地誊下来,后来,渐渐就习惯了,也开始很期待每天共享的句子。那大概是我在凛冽沙场里的最温柔的慰藉。以至于我到现在还有一个习惯,每天写一个daily English在新浪微博上分享。曾经有一个心理学家说,一个人要想养成一个习惯,只需要3天时间,坚持一个习惯要3个星期的时间,那么,我想,这种习惯,大概已经镌刻在我的人生中了吧。

都说,人总会受不同人的影响,最后渐渐沾染上那个人的气息,变得相似起来。其实,人的习惯和爱好是会互相传染的。

我觉得有时候,一个人真的是通过某些人才走近和了解某些东西的。比如,瞳跟我说过,如果没有你,我到死都不知道地球上有个叫克洛泽的人,有个球队叫拜仁。

记得的故事太多,不是因为我记忆力太好,只是因为真正在我生命里深刻走过的人十分稀有。

我的书桌上还放着一瓶塔克拉玛干沙漠的沙子,那是你18岁出门远行的见证。我只是觉得,一个地方的气息是这个地方带给人的最好的纪念,所以,我问你要一瓶沙子,连携着沙漠的气息,干燥的风的味道,一同封闭进玻璃瓶里,带给我。我知道,那是我很爱的沙漠,你携来一抔沙,更让我魂牵梦绕。

我感谢那是你,似乎带着我的眼睛去了那里,我夜夜思念的热烈的沙漠。

在深夜痛哭过的人,是我,而我想,带给人以最质朴和沉稳的慰藉的人,是你。

你说,有爸妈,有健康,未来你还有什么怕的么。

如死亡的沙场初见光芒,豁然开朗,我拾起掉落的战剑,含泪拼杀。

上帝呵,你的掌心已沾满我执着的鲜血,你遮住我的风景,但那风景已镌刻于我深深的脑海。

不自觉已回想那么多,感谢你涂鸦过我的惨白青春,即使,最终潦草地走散,即使,无疾而终,也是一抹美丽的风景。

10 年前到 3 年前,成为一名外科医生或是成为一名药学家是我的梦想。而现在,我只能说,它们还是我的梦想,我的信念,只不过,我把它们寄托于你们。我希望,多久以后,你们还能记得我,记得你们承载着我最初的梦想。

阿竹,算上 2013 这年,大概是 6 年了吧。6 年的同学,4 年的交集。我想,以后大概是会很难有这种很巧合很缘分的陪你有过三分之二路程的人了。

任花花,阿竹。阿竹的歌是时光机,阿竹的背影是框在一缕带着夕阳的篮球场里的。

我现在站在两场青春的交接口,看过去的回忆滚滚而来,带着巨大的黑色烟雾,不免想要掉下眼泪来。

一个人永远不可能活在长不大的时光里，即使再抗拒、再胆怯的人,也有某日某时,通过某一件事而蓦地成长起来的。这件事也许是你所欣然接受的,又可能是你根本预料不到、难以面对的,但无论如何,总有这么一件事,不管你爱或不爱地降临。

Lily,我不必多说。自是早已默契的。我们的默契太多,想必,我一抬笔,你便是自知了我要说的故事。

生命中总有很多很多次捉弄和陷阱,但要记得,有多少次迷路,多少次坠落,就会有多少个人出现,把你拯救出来。

那班带我向前去的列车即将到站,我这场少年事的梦也终将醒来。似乎很匆忙,我来不及跟谁认真地道别,来不及切换煽情的剧本,来不及交换一个拥抱。时光的洪水来了，我着急地向彼岸跳，而与你们之间,也许便从此隔着是山,是海的距离。我匆匆忙忙地见了你们的这一面,会不会是我们毕生最后的见面。这一切无从知晓,唯有交给时间慢慢证明。如果某一天,所有人都再邂逅,那么,就让我们感谢命运的仁慈和上帝的偏爱。

我的心是不安的，毫无好奇的念头。我的心是微微恐惧的，我不知道这班列车带我去的未来里我该如何生存，我该会成为一个怎样的人。也许，我们终将成为我们目前最讨厌的那种人。

生命的18进制即将进位。我要跳上这班火车，我要对滚滚的车轮说，嘿，亲爱的世界，请对我这个初来乍到、还带着棱角的孩子，宽容一点。她会在车轮的滚滚里学会成长，请你多给她一点温柔，多一点时间。

大雨降临的那个午后，你我都躲在教室走廊里探着头向外张望。

这一年，我们不说那些年

一个人如果说过太多过去时和虚拟语气，只能徒添丧气。

目前是提笔写不下文字的苍白时代，偶尔看星辰爬满天空时，挂满心室的疲倦便瞬间抑制住了刚刚到嘴边的句子。然后，一个俯冲，脑门磕到桌面上，昏昏睡着。

那天，我跟 Lily 写留言说，我真的是累了，每个细胞都散发着疲倦的酒气。写完，就一头栽到枕头里，连梦都来不及地睡过去。我也常听同学跟我说，她们失眠啊，辗转反侧。我也只是淡淡笑过，其实，我想说，如果说这些年里我有什么值得骄傲的话，那就是上帝赐予了我极好的睡眠质量。无论多么糟糕的情况发生，只要躺下去，我都能睡得死去活来。我记得，bamboo 走的那天晚上，我们争执到最深的夜，我以为我会坐着直到曙光擦破东方的天眸，可惜，不待我伤怀，就已一觉天光大亮。我记得，屠鸭考试前的夜晚，想着会失眠，可惜，再次吾愿未偿。也许，这也成为我能好好地活着的极为重要的因素。

昨天是周六，打开微博，看到关注的诸多IELTS官方博客，又在进行即时口语考试回忆系统整理，便突然觉得看到了自己。其中一个哥们的微博用户名很引人注目，"烤鸭分手季"。头像是个巨大的no parking被ps成的no IELTS鲜红图标。我笑了，回复一句，又是一周蹲点时。发送之后，倍感自己说得风凉。

前些月，自己也是个蹲点的屌丝女。匆匆塞口饭，便抱着手机网上蹲题。不停地摁动刷新键，每一次蹦出的题目，都会让自己瞬间精神紧张，下意识的反应就是，如果我被问到这样的题，怎么回答。如果思路畅通，便暗自窃喜，祈祷明天出个类似的题给我，遇到棘手的、空白的题目，就冷汗四溢，保佑自己明天别被问到。整整32个小时，我觉得自己已经接近精神分裂，不断地挣扎在窃喜和紧张的边缘。到了深夜，突然刷新到一道room5的考生的回忆，她说是个Australia的考官，语音清晰，很nice。接着，说到题目是，对真实版电影的看法和描述一个最写实的电影。介绍一下学校的图书馆。冷汗冒尽啊，我盯着屏幕，感觉到这下死定了。我拍开台灯，呼呼啦啦把书都翻出来，找所有语言材料素材。我不记得我是怎么到达第二天的了，睡了，抑或是没睡，反正听老爸说，昨晚听到我躺在被窝里，嘴里嘟嘟囔囔一晚上。吃早餐时，我提醒自己要注意形象，结果，我还是很没注意，早餐吃了含大蒜的蒸土豆丝。悲催地走在进考场的路上，我深感自己完蛋了，口语前吃大蒜是什么概念，还没带绿箭。room5的考官真如那女生所说，Australia的帅哥考官。进行part2的时候，他很自信地给我了一个写着描述一件你最重要最珍惜的衣服的题目卡片，我甚是感觉，32 小时前，所有的准备和顾虑全是无用功。真的，你真的没办法选择，所有的灵活应对才是最靠谱的。悻悻地考完，路过一片草坪，真的就想那么倒下去，也就在刹那间，自己突然明白了一个很久以前一直都没有明白的词——竭尽全力。刚刚走出考点大楼的门，一群考生便又围上来，像记者采访明星似的，重复地问着，嘿，R 几的，考官哪国的，问了啥。我挂着疲倦的表情，重复地说着同一句话。我的疲倦与他们的精力充沛、奋笔疾书的记录，形成鲜明的对比。

对的，这就是考试结束和考试前准备的差别。

因为未知，所以你，地毯式扫描，描摹一切可能发生的情况，你进行了 1000 中可能的假设，做了 1000 种预防准备，可惜，待到揭晓真相的时候，你会发现，情形是你假设的 1000 种假设之外。也许你会丧气，会认为这一切太扫兴，失去奋斗的力气。可是，要知道，其实每个人都这么神经质过，因为往往重要的，最刻骨铭心的不是那些最终坦露的真相和结果，而恰恰就是这些我们认为神经质的假设和准备。

这场刻骨铭心的故事，镌刻在记忆里，成为未来的我谈笑现在的我的一个资本。

走着走着，就发现自己已经越来越少地回忆过去了，记忆短暂的好像就是一条鱼，前几秒无关紧要的事情，转头就会忘记。所以，那天放学，突然一只手拍在肩膀上，笑着叫我名字，我满脸迷惑地上下打量那人许久，可就是记不得是谁，也没有那人的一点印象。就这样，她说着许多许多，貌似很认识我的样子，可我囿于不好意思突然打断她问她是谁，就这样我也装作很熟稔，跟她走了一路。

这也许是我一直认为，人活在这一年就别再说那些年的原因吧。时常听人说起那些年怎么怎么了，什么什么事，自己也都似屏蔽一样全部不听。我总认为，既然选择了活在当下，就意味着自动放弃了眷恋过去的权利，活在当下和眷恋过去是不可兼得的。如果一个人总是抱着过去的事物敝帚自珍，那么，当下的一切也终将黯然凋谢。到最后，只怀抱着满满的敝帚。

我曾听哥哥的一个同学说，你要记得，每天唤醒你的不应是闹钟，而是你的信念。可惜，我的信念很短浅，不是陈词滥调的口号，只是短短的一个心理安慰。但，足够了。我记得看一本华盛顿大学心理学教授的一本书时，书上说，一个人一生可以放弃很多东西，但是，一定要有，并且永远不能放弃的，就是一个毕生挚爱的骨灰级的爱好。有了这个，无论身处何处，身处何时，遇到什么，你都将因心中还有爱好的力量而幼稚简单却固执地活下去。

我想，拜仁是的。

足够了。我一向不是陈词滥调，噱头高傲的人，仅有的信念也只不过是简简单单的一张门票一场球赛一种旅行。也许没什么分量，但足以让寡人因之而唤醒清晨的沉睡。

3年前，任花在作文里写过，当风开始变得温柔的时候，春天就来了。那时候，语文老师把这句话奉为写景极佳的妙句，而如今再看起他写的这句话，感觉到的不是老师当年说的生动可感，而是真真切切的真实。骑单车经过冬春，我想我是有资格说风的变化的，风果然软了，不再是冬日里的刀子样的坚硬凛冽，取而代之的是如毛线球轻抚脸颊的柔然。仿佛风瞬间由方形的棱角变成了圆形的球体。飞快地骑过，心想，追风的时代又来了。那么淡然的季节又来了。我想家里院子里的樱桃花该开了，只是，我年年都没有赶上看到它们绚烂绽放的时候。所以，我曾对杨小瘦说，我想要我的坟上有一株如云的樱桃树。

冬季降临的那时候，我在着手写安暖的故事，写到最后，感觉越来越像自传。有一次和 Lily 说起安暖的故事，她说，那不是你吗？怅然感慨。我尽力把她塑造成一个陌生的人物了，然后我尽量远地站在纸张的这一边，看她的故事，做一个旁观者，可惜，还是难逃一场自我塑造的窠臼。我想起萧伯纳说过，小说是行走在大街上的镜子。梭罗在《瓦尔登湖》的开篇里写道，每一个人的第一篇小说，都是一部纯粹的自传。我想，他们说得没错。

最后。

安暖站在异国的风里，湿润的风灌满她深色的风衣，空邃的眼眸极力张望，她在想，这一刻，如果有谁从远方奔跑过来，紧紧地抱住她，说一声，好久不见。该是多么让人热泪盈眶的事呵。

• Past Papers

AMBRIDGE

Book with
Audio
CDs
ELTS
6
EXAMINATION PAPERS FROM
UNIVERSITY OF CAMBRIDGE
ESOL EXAMINATIONS
新东方学校雅思指定教材
最新雅思真题
中国唯一版本
此版本仅限在中华人民共和国境内
（不包括香港、澳门特别行政区及台湾省）销售。

AMBRID
IELT
WITH ANSWERS

Cambridge Books for

心底总有禁播的音乐

那天在协和医院走霉运地把音乐播放器掉厕所里了，我听见扑通的一声，那家伙自由落体运动跌入便池的声音。然后我愣了片刻，捞着耳机线，把它拽了上来，那家伙又顺着耳机做了几组钟摆运动。最后我把它丢进水池，放水狠狠冲洗。

把时间向前推进一点点，从最开始音乐播放器里的音乐。

其实，满满的两三百首音乐里，我总是会故意跳过一些的，虽然那些歌曲下载了下来，可是，每次还是执意跳过去。

比如，曾经有的歌曲都是我的禁播歌曲，那声音好像有毒药，一下子就会弄疼灵魂似的。最严重的时候，听到有商店门口的大喇叭放这个音乐，我就会立即拔腿就跑，心里闷闷地想，这商店必倒闭。

可后来，也渐渐就忘了，也不再那么禁播了，禁着禁着也就没那么制度严格了。也就无所谓了。

后来，自己喜欢的西城解散，又禁播了西城的音乐。就是那种谁再播放西城就要跟人家拼命的感觉。就好像是这东西是我的，现在它坏了，我也不能允许别人动它一下。再然后呢，时间长了，这东西也就像伤疤，渐渐好了，有勇气听起西城的时候，还是那么美好如当初。

前些日子，我跟一朋友笑说，我现在，MP3里除了托福英语就是陈奕迅了，以至于我听英语听得昏昏欲睡的时候，一个老男人的声音响起来，唱吟游诗人。吓我一跳。

他说，那还好啊，还好有Eason。

其实，陈奕迅的音乐，听着听着自己就会跑神，就会想起来很多与歌曲相关的有我、有他们的故事。似乎每一个陈的歌曲都是我在别人的推荐下下载的，所以，歌曲背后总含有了太多的故事，表情，景象和对话。所以，每次听起来，总是意犹未尽地想起来那些歌曲背后的如歌的对白。

醉翁之意不在酒，在乎歌曲之外也。

我记得那一年，Rrichard在我们班开场就唱了Don’t cry for me Argentina。后来呢，就把那首歌给练成主打歌了，每次和秋秋吼歌，这个歌都是必选曲目。

然后呢,有一个人跑离了。如果没记错,那时我正唱着,我怀念的。唱着就哽咽了。从此就发誓不在听这个歌了。自己跑了好久躲在角落里读了一天的海子的诗。读到《九月》的时候,恍然大悟,拍拍屁股,站起来,走出去,夕阳正暖。

可这发誓似乎对我不管用,在我读完海子的诗,又背完了泰戈尔的《飞鸟集》之后的第二个星期,我又开始听这个歌,而且在那次我的接风K歌里又大义凛然地唱个high。其实,人就是这样,治愈能力其实很强的,只要你不是白血病,任何伤口,都会很快长好,无论你想不想。

那个跳厕所自杀的MP3复活以后,我删掉了所有陈奕迅的歌曲。没来由地。我站在崇文门的破烂天桥上,看车,看人,看热闹。一首一首地删,可那背后的情境就像神经错乱了似的,在眼前乱窜,我闷得很,压抑得很。我本不想删,可最后居然删完了,我自己觉得是个奇迹。所以,就只剩下托福了。其实,我明白,我禁播的不是他的音乐,他的音乐真的不错,我禁播的只是,那些音乐后的我的背景,我懂。我不想回忆罢了。

陈不是有一句歌词么,明天我便记不起。

那么我就记不起好了。其实我不想记不起。可是呢。

那么你呢,你的禁播音乐又是什么呢。我们往往不是禁播了音乐,而是因那些音乐而起的那些人和事。你说呢,是不是?

安暖说："我想生活在陌生的地方，没有人认识我，我也不认识任何人，就仿佛把自己放进了一个开阔的封闭空间里。在那里，我只会遇见陌生人，不会爱陌生人，陌生人也不会爱我，所以，都只是过客，也便是没有交集，没有交集，也便不会有回忆的纠缠和现实的尴尬。"

林霖说："陌生的环境也会有一天成为熟悉，陌生的人也会有一天成为亲密。"

安暖说："如果到了那种时候，我就选择离开，去一个新的陌生的地方，如此，不断地离开，到来再离开。世界只记得我的背影，踏过陌生人的土地，没有痕迹，也不会有啼笑皆非的尴尬和后知后觉的遗憾。"

林霖说："一个真正的行者，留给世界的永远只是他的背影。"

伤寒病一样的青春，永远伴随着时而低烧抑或是某一天突然高烧。

偶尔会在遇见某个人或者某件事情时，青春打了个喷嚏，或者咳嗽了片刻，而结局，只会换取一脸的眼泪。这伤寒病，无药能医，唯有时间流逝，让这伤寒自己一点点地熬好。而时间这东西，又是个极其威武的家伙。

时间让锋芒毕露的少年衰颜苍鬓，让桀骜恣睢的强人畏缩胆怯，让昂扬的壮志躲进阴暗的角落。这青春，不言爱。

我一直认为，这世界，总有一半人不懂另外一半人的快乐。

当他们庆祝一个生命的诞生时，他们却在哀悼一个生命的陨落。

当他们在拥抱归人归来时，他们却在与离人吻别。

当他们在为前途无量而踌躇满志时，他们却在为前路渺茫而万念俱灰。

当他们在为安定的生活厌倦烦腻时，他们却因居无定所而仓促流泪。

当他们在为暗无天日的奋斗而期盼悠闲的时候，他们却在为英雄遭断臂无处拼战而泪流满面。

……

他们，从来不明白那一半他们的快乐，而他们，也将永远无法理解这一半他们的悲伤。

人们，终归是孤独地活着，他们不懂，她们不懂，唯有自己清楚。

他们不愿说，也便只能自己扛。

如果说，浴血奋战是疼痛的话，那么，看着所有人竭尽全力，自己却无力回天，这就该是一种残忍。他们不懂，那个人的痛，那种如英雄遭断臂的残酷。他们更不会懂，那个人去如潮水一般突然汹涌的心悸，他们不懂，那个人也永远不会说。

这个诗人，把所有的情愫都隐晦到深深浅浅的故事里，埋藏进千万字的书本里，封存进无尽的眼泪里。诗人，这就是诗人，诗人的感情隐晦到了无人愿意慢慢品读破解的程度。所以，那个诗人，注定也是必然选择的孤独。

那个人，呼喊着，借我一双眼睛，就奋斗这一些时光!可蔓延的回声告诉那个人，这一切，都只是一个设想，一个希望，一个奢侈。于是，那个人孤单地走了，没留下一句抱怨。

世人不会懂他的恐惧，不会懂他隐忍的态度里需要多么强大的心脏，世人只看见这个人的笑，眉飞色舞没心没肺的快乐。

这样而已。这个会笑的诗人走远了，带着再也叹不出新意的叹息，带着残破的心脏，走远了，沿着小路，踽踽独行。

此年青春，不言爱。

流水带走光阴的故事

又是一年的仲夏，毕业季。我听着初三学子们蹦跳呼喊的声音，隔着门窗又听得见谁家孩子报考志愿的议论声。忽而又一年。心底有些东西似乎被掏空了。脑海中不合时宜地浮现出一个人的脸庞来，棱角分明的轮廓，挺拔的鼻子，白皙纤长的手指，青色参差的胡须。那曾是我三年前在一次英语读写课里认识的一同桌。三年前，初二。那个班，全是准大学生。那同桌曾叹息道，你什么都没经历过呢。我记得很清楚。现在回想起来，我正在一点点地经历他所谓的没有经历过的事，比如中考，高考……诸如此类。那年我不屑于他的那句话，认为那不免是仗着成熟说出来的装模作样的话，可我现在想起来，却感慨万千。时间的横流里，所有人都将经历自己曾经根本不可能料想到的事情，都将慢慢接受那些自己曾经连想都没想过的事情。只是，到时候，别太诧异。

如果不是每天抬起头就看到成摞的写着"普通高中实验教科书"的课本，我依然相信自己还是在初中，在小学，没有长大过。我总是还那么清晰地记得,小学里的那些细节,纵使有些细节故事里的主人翁早已模糊不清。我还在那么执着地爱着一些幼稚的动画片,时光的洪流就把我丢到了如此一个境地。曾经是那么幻想长大的自己,现在却换了般模样,变得恐惧成长,小心和怯生。有时候自己神经质地计算着逼近长大的日子,最终吓出眼泪。我无法想象当自己被迫褪去身上所有单纯与简约,换上成熟与深沉会是什么样子。当自己终于踏进社会的那一瞬间,自己又将是怎样的心态……不得而知。记得有谁说过,自己终将由一个无忧的公主变成一个浴血奋战的战士。便是生活的法则。

夜凉如水。充实着的生活容不得自己扼腕叹息,容不得自怨自艾。仿佛一只脚已经踏上了滚动的传送带,所有的力朝着前方,自己无力抵抗。便是这般顺着过去了。

生活这场征途里,所有人似乎都只是背景,没有谁愿意停下来陪自己一段,听一听自己的故事。所有人都在行走,狼奔豕突。所以,每个人都是孤独的,怀抱着自己的疲惫与疼痛,自我疗伤,自我安慰。在这飞速旋转的时光流里,抓不到一个可以迁就的人。所以,当所有的压力席卷伤痛、病痛而来的时候,自己唯有咬牙扛过来。谁也不会是自己的倾听者,更不会是自己的救助者。这个社会,速度太快,来不及太多的自怨自艾。

面对剩下的生活,自己倒是不觉得那般恐惧,更甚的是一种激动与兴奋。生命之虚唯有以灵魂之充实去填补。人生难得几回充实。自己偶尔会在面对夕阳背书的时候偷偷想一想那近在眼前的将来的生活,偷偷想一想那惬意洒脱随性的日子,偷偷想象谁会在我的记忆里永久地驻足,会让我在某个时候站在日内瓦湖畔寂静地想念或是追忆。沉默的幻想，夕阳便颓然下去了。天空化成了一杯鸡尾酒，仿佛踮起脚尖就可以拧下来一杯似的。无可否认，我爱这样充实忙碌的日子。偶尔穿过走廊，撞上你澄澈的眸子，笑意灿然。充实日子里的小清新似的幸福总是很深刻又独特，就仿佛是清一色的草原深处，蓦然开出了一朵小花般令人眼前一亮，心旷神怡。

在这所有光阴里的故事中，终究学会了一种叫沉潜的东西，就像是那篇作文里，秋秋写的那样，我似乎在给世人一个讯息，告诉他们，我死了，但自己心里明白，我只给自己贴上一个标签，告诉他们，我还活着……我的沉潜只为着那一刻如同梵高的向日葵般的华丽绚烂，只为着那一次蜕变。为着那一个我曾无数次偷偷幻想过的日子……

生命是不公平的，连哭泣的权利都给我剥夺。我不能看着自己用眼泪把眼球泡得通红，那是一种恐惧。所以，当自己最终决定把眼泪都忘记的时候，自己是真的一无所有了。我还是想起海子，想起他的那句，当我再次站在你的面前时，你不能说我一无所有……

丢掉那些幻想，丢掉我还铭记的青春。我接受自己的一无所有，可我还活着……

有句话那么说过，如果一些幻想不被打破，人是始终不肯长大的。

为了我不情愿但却不可抗拒的长大，我终究是乐意丢掉空白的幻想的。丢掉那些犹豫不决又恐惧不已的事，告诉他们，我只是在暂时的沉潜……我还活着。

待续……

背向烟火的方向

屋子外面是天空被无数次狂轰滥炸过的声音，夹杂着混乱的车鸣。元宵节。鲁迅说，火药可以用来做武器，也可以用来做烟火，只不过，外国人把火药做成了武器，国人却用作了娱乐的烟火。

我相信这烟火在这个时代的概念并不同于那个时代。偏激和愤青的理论是不合常理的，无论何时。有些人认为偏激是爱国的表现，或者愤青般的谩骂是社会责任感的彰显。其实不然。时代需要的只是敢于直言，平衡地对待社会问题的人。我们需要刺骨的言语，需要如同愤青般的热血，但永远不是莽撞并且只停留在咒骂的言论层面。需要的是看清事实，然后分析，在直言的针砭时弊里闪耀出对问题的思考和对策。他们说鲁迅是愤青，说韩寒是偏激，其实，仔细分析他们的文字，便会发现，在他们尖锐的言辞后面，闪烁着前无古人后无来者的智慧，一种独特而强壮的社会责任感和理性。混浊的社会里，热血的青年是呐喊的喇叭，而他们，却是永恒不熄的思维火把，是唯独最清醒的人。

便是如是而已。

烟花的背面，是孤立的影子，隐默喧嚣。

元宵是菠萝味的，还不错。把汤圆吃完的时候，窗外已经轰炸起来，好像是把人都扔进了油锅。好像都从众，便放下碗筷就奔下楼去放烟火。

我说，大家都看呃，我的烟火出现。

然后有同学突然打过来电话，说要我听那里烟火爆炸的声音。突然感觉，世界原来可以那么小，小到我可以用声音接触到遥远的地方。

仰面看点燃的烟花破碎在黑丝绒天空里，炮灰洒了一脸，却依旧笑着。

拎着小妹的灯笼走很长的黑暗的路，头顶是绽放的烟火，却不仰望，人群涌动，迷望千里，寻找灯火尽头的人。

他们说，那是烟花雨，实质呢？不过是火药炮灰罢了。我们总是能给现实加上千万个美丽的名字，可永远都无法遮蔽现实的无趣。

我和 singer 祈愿未遂。写满希望的孔明灯栽死在了混沌的烟火之下。扫兴得很。于是，便一把火烧掉了。火焰如蛇，吐着有毒的信子。两个人的烟火，变成一个人的篝火。

也许是希望太过沉重，负担不起罢了。但果真还是扫兴。看着满天飞得像红色塑料袋一样的孔明灯，满心压抑。祈愿未遂，总有些不快，纵使我们都不是迷信的人。

轰炸终于停止，天空仅剩一片废墟。重归寂静的时候，难免想念起人来。

want to inspire

青春有张不老的脸

昨天见到你们,很高兴。

大概最久远的应该是有四年没见过了吧,最近见过的也大概是半年前了吧。庆幸的是,时间在走,你们却依旧是原来的样子,甚至那些细微的动作都没有变过。一面是感恩时光最仁慈的保留,一面是担心你们是时光一时遗漏的疏忽,转瞬即逝。

我以为一个人走过无数次的变数,目睹过千万遍的分崩离析,背上背包去过所有自己想要去的地方,就会无所谓一些人情世故,就会变得超乎物外,神游天地。可是,当再回首,那种久别重逢的感动竟是活生生地换来一个人从未有过的热泪盈眶。就像是在苍茫大地孤独地走了那么久,隐忍过所不想隐忍的,努力坚持住从未想坚持的东西,却突然在前路看到了熟悉的人微笑相对的时候,积压在内心里的所有的情愫喷薄而出，那些隐忍和委屈在那一瞬间全部卸载，只想扑向那道身影，紧紧地拥抱。你知道，路途那么险恶，能信任依靠的人，只有这么几个，在他们的面前，再不会有人刺伤你，再不会担心下一场的陷阱在哪里。你可以在他们的包围里安然地睡去，可以相信每一句的对白，没有欺骗，中伤，更没有所谓的遗弃。

见到你们都不老，还年轻得似乎幼稚，很高兴。

岁月褪去青春，割舍稚嫩，只留下沧桑和麻木，我以为再不会有如同六年前的那个贯穿了教室的明媚光束的笑颜，却惊异地发现，那光束一样闪耀的笑，在如今的你的脸上依然鲜亮可人。我想把这一些收进自己的包裹，永远携带，却被时光悄悄地隔去了整整六年的光阴。

六年前自己开始写自己的第一份小说，写侦探故事。六年前的自己开始黏着你放学一起回家，就连下雨也黏着你一起淋雨。讲到中国好闺密，总是想到你，想到一起或浅或深走过的六年，1969 天。翻照片的时候，我们心照不宣地都能想到照片背后的故事，我翻到暑假跑去和你住在一起的照片，想起你难以承受的日子，想起我听到你哭着打电话就第二天买了车票马不停蹄地去找你的火热的夏天。

在很久以前写的日记里，自己写过一句话，那些在我生命中浓墨重彩过的你们，终有一天会成为我的文字，铭记在黑色的铅字里，永远永远。现在想来，也终于懂了，为什么每次你看我文章的时候总能够找到人物的原型。就算隐藏再深，改过多少次姓名，那些活在我故事里的人物，到头来还是能被懂的人一眼看穿。我怕你拆穿，只是连连说你猜得不对。

梭罗说，每一个作者的第一本小说，都是自己的自传。果不其然。从简奥斯汀，到司汤达，到张爱玲，再到曹雪芹，这连绵不绝的文学世界里，我们见到的，无疑是一个个传奇人物不同凡响的一生。我们因其文字的真实而感动赞赏，却不知道，一个作者把自己的生活活生生撕扯解剖展现在世人面前的那个过程，是一种怎样的疼痛。我想，写过文字的人都能体会，那种含着泪默默写字的感受，那种想象着生活会更仁慈却最终被现实击碎的捶胸顿足。敢写的都是勇敢，隐藏的都是自卑。我想写出来，却害怕被看穿。

看着你在你选择的道路里，依旧痛并快乐的过着，很开心。

高考成绩出来以后，花花你半夜来我家，给了我一本书，《寂寞是一种清福》，梁实秋的。我看着素白的封面，出了神。你说你是瞄好了我是个爱清净的人，才买了来的。我觉得你是会比任何人走得更远的，因为经历过比别人更艰难的历程。没有低落伤神的谈话，空气里全是轻描淡写的叙述。少年啊，待到燥热的南风一起，那锁在窗口的风铃摇曳的叮咚，我希望是你胜利的号角。我待你重整妆容，这个夏天没有遗憾。你要的完美，终究会以完全不可挑剔的样子崭新地出现，你要等，不要怕。

我想，这么久的杳无音信之后，终究有些东西是变了的，即使小农民童鞋依旧是常青树的脸，福尔马林依旧是单纯小少年，某人还是依旧黑不能忍。比如，我们从前都爱无端无迹的自怜自艾，我也总是不惹喧哗地自顾自地听安静的歌。但现在，却是一个个都爱摇滚，重金属和乱七八糟的、当时自己都不能忍的音乐。从 sex, drug and violence 到鲍鱼最后的《回到拉萨》,一个个都像是用生命在唱歌。那个我以前认为只是坐在一角安静地唱情歌的人,也终于晋升为麦霸,吼着摇滚从头到尾。

时间都改变了什么啊。

只不过是我们再也不是那么容易就被看穿内心的人,都成了最会掩盖不开心的快乐的人。都成了一群不忍直视、节操碎尽的逗比。可是,这些铠甲,在你们面前,还不都是被成功压制?还不是被一眼看穿?

最后啊,愿岁月静好,慢一点改变我们。让青春的脸,再慢一点,再慢一点再老去。

在罗马,我们都背向许愿池,丢一枚硬币进去,然后安静地闭眼许愿。但愿在这里停留的所有愿望都能实现,所有梦想都能成真。

BENEDICTVS XIV

跋

我是怀着一种对自己不满的心情去着手写这短小的跋的。

尽管每一天依旧过着我想要去好好过的日子，尽管每一天都慎独得心安理得。但这一场跋涉终归给我一种于心难安的感觉。就像走着走着，鞋子里突然窜进了沙砾，硌着脚趾生疼。开始着急起自己的生命来。

一直觉得自己应该是一个不紧不慢过着的人，但却惊恐地发现自己比谁都着急。一心想着事情一定要着急着就处理完，可是，当自己终于把很多很多事情快刀斩乱麻地迅速解决的时候，却落下空荡荡的时间，摇摇晃晃地落寞着。仿佛自己收起了一种青春里该有的情愫和捕捉感动的心情，只顾埋头疾步走。以为自己会伤春悲秋，却终归闲看了花开花落，淡定匆忙地过着。偶尔的坏脾气，赶走了不少人，不少的莽撞,得罪了不少人,这些事情,很早以前,自己是在意的,可是,现在却毫不在意。

无意看到了之前历史老师随笔写的文章,恍然觉得,自己有多久没停下来一个人安静的思考了。

每天过得雷厉风行,不开心躲不开的事情就过多拒绝,心情很 low 就大声地听 walkman 的重金属,觉得被冒犯就果断还击,绝对不犹豫。这似乎是一种可以很自我的生活。但是,剥开这些重重的铠甲,当窗台的蔷薇嫩芽伸进窗子,如期而至的阳光弥漫进房间的时候,心头还是一个颤抖。我还能依稀用曾经的诗词句段篇章形容我眼中的世界,可是,自己却是担心不安的,不知道哪一天当自己再看到意外而至的美景就失去了这种形容的能力。那一场场风花雪月的事情,终究让活在现实和当下里的人,忘记了它们的存在。学会了怎么样更有能力更有竞争力,却丢掉了去爱自己,去静下来陪自己看一朵花盛开的耐心。越活越急躁,就越活越累。

可是呢,着急着去做什么呢。有些事情必须用时间去审核,才能有结果。那不是你着急就可以办得到。上蹿下跳地活着,倒不如寂静安然地且行且歌,看一场春天的繁华,走一遭属于自己的一个人的旅途,带上自己很久不曾安抚平静的心。

这是可怕的。我害怕当一场生命将尽之时,我只看到了整个生命都在上蹿下跳坐立不安奔跑着急雷厉风行叱咤风云不肯低头的骄傲的自己,却丢掉了最初那个吟啸徐行自在天涯纵情诗词歌赋怡然自乐平静淡然寂静欢喜的自己。

我不愿如此活着，我拒绝再去听那些“锻炼能力啊，增长履历啊”的蛊惑人心的妖言，我活着，哪怕我只是站在角落里的寂静盛开的树，哪怕我只安于一隅，也自在快乐。我整出一个风生水起，力透苍穹也最终是生不带来死不带去，我只愿不争地活着，在春天来临的时候，陪自己的灵魂好好地看一场花开。

在这混乱的世界里，我可以丢掉幼稚丢掉幻想，但无论如何，我都不要去扔下本初的心和最本真的自己。

以此跋，给自己。为慎独之警示。

谁是我眼中的风景并不重要，我只在乎我路过这些风景时自己的心情